拾花入夢記

李渝讀紅樓夢

◎目次

三、成長

紅樓圖錄

第一章 說故事的方法

前頁：孫溫《全本紅樓夢》一冊一頁，「石頭記大觀園全景」，敷衍《紅樓夢》第一回故事。

第一篇　顏色和聲音

曹雪芹在調動視覺元素方面，連專業畫家都不及。只見在他的手中，沉穩的文人色生動起來，囂野的民俗色馴雅起來，其品味的瑰異、大膽、郁艷、細膩、雅致，令人觀止屏息。各種光和色，在小說家的筆揮下，皆變成生靈，不但各自施展能耐，又相互醞染托襯，營造出豐滿豪艷的視覺景象。同時他的文字也能鳴奏出聲音，情緒隨之疊疊深入，羅織成中文小說中罕見的，秩序、綿密、蜿蜒，又深沉的聽覺世界。

二冊四頁，「賈寶玉初會林黛玉　寶玉癡狂狠摔那玉」，敷衍《紅樓夢》第三回故事。

美麗的顏色

《紅樓夢》展現各種虛實情況，大小場面，悲喜情境，每件都達到了高峰，我們現在就算是更明白小說書寫或敘述文的幅度和深度，也遠追不及十八世紀曹雪芹呈現的那等飽滿程度。他揉捏詞彙，翻轉句子，使書面文字發出色彩和聲音，現出紋路和質地，把讀者帶到感官和思維迴鳴，現實和非現實更疊交融的地步，拓寬了中文小說的道路。

中國古典文人傳統一向注意詩、書、畫三位一體的淘煉，曹雪芹出身世家，在精緻美術上具有修養和品味並不特別，特別的是他對民俗美術的愛好。例如他會畫風箏，在他的《廢藝齋集稿》裡，就有一節描繪風箏圖式的〈南鷂北鳶考工志〉。

《紅樓夢》裡的顏色常常通俗的和精緻的配襯在一起，呈現又典雅又俗艷的效果，充滿了傳統文人色系和通俗色系個別來看時都沒有的光彩。

在主要人物首次一一亮相的第三回，這種光彩在人物服飾上有一場總現性的大展。其中最耀眼的是王熙鳳：

頭上戴著金絲八寶攢珠髻，綰著朝陽五鳳掛珠釵；項上戴著赤金盤螭瓔珞圈；裙邊繫著豆綠宮條，雙衡比目玫瑰佩；身上穿著縷金百蝶穿花大紅洋緞窄褙襖，外罩五彩刻絲石青銀鼠褂；下著翡翠撒花洋縐裙。

不久賈寶玉出場：

頭上戴著束髮嵌寶紫金冠；齊眉勒著二龍搶珠金抹額；穿一件二色金百蝶穿花大紅箭袖；束著五彩絲攢花結長穗宮條，外罩石青起花八團倭緞排穗褂；登著青緞粉底小朝靴。

我們來算算搭配在這裡的顏色：王熙鳳這邊是——金色、赤金色、銀色、鼠銀色、豆綠色、石青色、翡翠色、大紅色、玫瑰紅色、朝陽五鳳和繁花白色；賈寶玉這邊是——紫金色、金色、紅色、石青色、五花色、百蝶色。

多麼複雜、華艷、奪目的顏色，鋪陳在兩位美麗威風的人物身上，用紅樓語言來說，眞正是「文彩精華」，「彩繡輝煌」，「通身的氣派」。

紅色配綠色，是曹雪芹的最愛，時時以正色和變調出現，遍布各處，舉不勝舉。

例如第六回，劉姥姥第一次來賈府，王熙鳳接待她，穿「桃紅撒花襖，石青刻絲灰鼠披風，大紅洋縐銀鼠皮裙」，是一連身的「粉光脂艷」。

十九回，寶玉去襲人家玩，身穿「大紅金蟒狐腋箭袖」，外罩「石青貂裘排穗褂」。廿八回，寶玉和蔣玉菡交換汗巾，寶玉給的是松花綠的，蔣玉菡給的是猩紅色的。

四十回，賈母因見瀟湘館的綠色窗紗襯著窗外的綠竹林，綠上加綠反不好看，要人換窗紗，和王熙鳳有一段對話，談論布料的顏色和品名。

熙鳳先稟報庫房藏紗：

> 大板箱裡還有好些匹銀紅蟬翼紗，也有各樣折枝花樣的，也有流雲卍福花樣的，也有百蝶穿花花樣的，顏色又鮮，紗又輕軟……

賈母聽了笑道：

> 那個紗……正經名字叫作「軟煙羅」。……軟煙羅只有四樣顏色：一樣雨過天青，一樣秋香色，一樣松綠的，一樣就是銀紅的，若是做了帳子，糊了窗屜，遠遠的看著，就似煙霧一樣，所以叫作「軟煙羅」。那銀紅的又叫作「霞影紗」。

「軟煙羅」，「霞影紗」，多麼令人遐思的名稱；前者松綠，後者銀紅，多麼綺麗的顏色。

四十五回，寶玉拜訪黛玉，穿著紅綾短襖，膝下露出油綠色撒花綢褲。

四十九回，海棠詩社相聚，黛玉參與盛會，「換上掐金挖雲紅香羊皮小靴，罩了一件大紅羽紗面白狐狸裡的鶴氅，束一條青金閃綠雙環四合如意絛。」這時史湘雲到來，脫了外氅，「裡頭穿著一件半新的靠色三鑲領袖秋香色盤金五色繡龍窄褙小袖掩衿銀鼠短襖，裡面短短的一件水紅裝緞狐肷褶子。」以秋香綠的三種近色配搭水紅，盤繡金絲，參撮著鼠銀和狐白，是雅致化了的紅和綠。

六十三回，女孩兒深夜在怡紅院爲寶玉慶生，因天熱寶玉要大家將正裝卸去，於是眾人寬衣，身上只留輕便涼快的。寶玉穿著「大紅棉紗小襖子，下面綠綾彈墨夾褲，散著褲腳，倚著一個各色玫瑰芍藥花瓣裝的玉色夾紗新枕頭」，和寶玉划拳的芳官「只穿著一件玉色紅青酡絨三色緞子斗的水田小夾襖，束著一條柳綠汗巾，底下是水紅撒花夾褲，也散著褲腿」。一個是上紅下綠，一個是上綠下紅，越顯得穿的人面「如滿月猶白」，眼「似秋水還清」。眾人看著都止不住地稱讚：「他兩個倒像是雙生的弟兄兩個。」寶玉斜倚著的是一個底下透出玫瑰芍藥顏色的玉色紗枕，芳官戴著極別致的耳墜：右耳是米粒大小的一顆玉塞子，左耳是一個白果大小的硬紅鑲金大墜子——設計得眞是新穎，這樣微小的地方，作者仍仔細配搭著紅和綠。

六十五回，尤三姊戲弄賈璉、賈珍，「大紅襖子半掩半開，露著蔥綠抹胸，一痕雪脯。底下綠褲紅鞋」，如此性感的色相。

七十回，在寶玉的外間房裡，三個丫頭早晨在床上笑鬧，晴雯穿蔥綠小襖，紅小衣紅睡鞋；麝月是紅綾抹胸；雄奴穿紅褲綠襪。

七十八回，寶玉見賈政後回怡紅院，身上穿石青色靴子，松花色外襖，「襖內露出血點般大紅褲子來」。

丫頭們經常穿「**紅綾襖青緞掐牙**」。讀者自然也不會忘記，怡紅院匾額上寫著的，是「怡紅快綠」，而怡紅寶玉和瀟湘黛玉，也正是紅、綠的完美配搭呢。

紅和綠，是民間美術的基色。《紅樓夢》裡提到唐寅（一四七〇～一五二四）（圖1），和仇英（約一五〇九～一五五一），都是菁英和通俗趣味兼顧的明代畫家，仇英尤擅長青綠重彩。五十回，女孩兒們雪天在蘆雪庵聚會聯詩，寶琴披著鳧靨裘站在山坡上，身後一個丫鬟抱著一瓶紅梅，賈母看著高興，問周圍人像個什麼，大家回道，「**就像老太太屋裡掛的仇十洲畫的《雙艷圖》。**」九十二回，寶玉的朋友馮紫英帶來四種洋貨，其中一件紫檀圍屏上雕鏤的是《漢宮春曉》，借名現藏台北故宮的仇英名作，通卷使用紅和綠的《漢宮春曉圖》（圖2）。不過在氣質上曹雪芹最接近的也許應該是俗媚又清雋、艷郁又放逸的陳洪綬。

陳洪綬（一五九八～一六五二），明末最出色的一位畫家，山水、花卉、人物都有脫穎的成就。人物方面筆描遒細工整，造型古拙，常常大頭小身，眼神崎斜的看著，在怪誕中透露著一種倔強的氣質（圖3）。他畫逸志也畫艷情，前者常以文人象徵陶淵明爲題，後者起用通俗的紅娘、鶯鶯、水滸好漢們等。陳洪綬多次爲《西廂記》畫圖。《張深之正北西廂》裡的六幅圖繪：〈鶯鶯像〉、〈目成〉、〈解圍〉、〈窺簡〉、〈驚夢〉和〈報捷〉（圖4），是話本版畫圖繪的傑作，對後世紅樓圖繪影響極大。

雅俗越界在清季已不是問題，雖然文人畫派在理論上仍舊排斥它，例如清六大家中的王原祁

（一六四二～一七一五）在〈雨窗漫筆〉裡說，「紅綠火氣可憎可厭」，但在其他三家王翬（一六三二～一七一七）、吳歷（一六三二～一七一八），惲壽平（一六三三～一六九〇）等的筆下，早都付之於實踐。台北故宮藏的王翬和惲壽平合冊十二葉，上海博物館的惲壽平《花卉冊》（圖5），設色的旖麗承續了仇英、陳洪綬傳統。就是王原祁自己的設色山水，以紐約大都會博物館的《輞川別業圖》（圖6）爲例，淡雅之際，綠樹紅葉等也佈置得很適意。和曹雪芹同時代的揚州八怪在雅俗共賞上更進一步；華嵒（一六八二～約一七六二）、高鳳翰（一六八三～一七四九）、李鱓

1. 明・唐寅，《倣唐人仕女》，軸，紙本，設色，149.3 × 65.9厘米，國立故宮博物院藏品。

2. 明・仇英，《漢宮春曉圖》（局部），卷，絹本，設色，縱30.6 × 橫574.1厘米，國立故宮博物院藏品。

3.明・陳洪綬，《授徒圖》，絹本設色，縱90.4 × 橫46厘米，美國加州大學美術館藏。

4. 陳洪綬，《張深之正北西廂》——驚夢、窺簡，版畫。

4. 陳洪綬，《張深之正北西廂》——目成、解圍，版畫。

4. 陳洪綬，《張深之正北西廂》——鶯鶯像、報捷，版畫。

（一六八六～一七六二）、金農（一六八七～一七六三）等的山水花卉（圖7、8），幾乎就是紅樓色調的視覺呈現。十八世紀上半葉曹雪芹生活時期（一七一五～一七六三），菁英風格從民眾趣味中汲取精華已是時代的走向，在這些藝術家手中分別都達到了不同程度的高度。

紅與綠，曹雪芹又偏愛紅色。寶玉經常一身金與紅；黛玉穿「掐金挖雲紅香羊皮小靴」，海棠詩社十幾人一排站在雪地上，「一色大紅猩猩氈與羽毛緞斗篷」（四十九回）。最後一回，寶玉在細雪的津口向賈政告別，也是「身上披著一領大紅猩猩氈的斗篷」。

曹雪芹不但會配穠麗的複色，也會調清麗的純色，能使顏色熱鬧，也能使顏色端靜。五十二回，寶玉早晨起來，穿著茘色哆羅呢的天馬箭袖，大紅猩猩氈盤金彩繡石青妝緞沿邊的排穗褂子，往賈母處來，賈母給了寶玉一件「哦囉斯國拿孔雀毛拈了線織的」叫作「雀金呢」，又叫作「烏雲豹」的氅衣，它的「金翠輝煌，碧彩閃灼」，使平日習穿華服的寶玉也要先磕頭行禮，才敢披上身。穿著金雀裘的寶玉騎上一匹雕鞍彩轡的白馬——這是翡翠綠和純白的並置。

十五回，北靜王參加秦可卿的葬禮，戴著純白的簪纓銀翅王帽，穿著繡了滾龍和海水的白蟒袍，繫著碧玉紅鞓帶，「面如美玉，目似明星」，顏色乾淨明亮，難怪寶玉一看就說「眞好秀麗人物」。在北靜王的眼中，則見寶玉戴著束髮銀冠，勒著雙龍出海抹額，穿著白蟒箭袖，圍著攢珠銀帶，「面若春花，目如點漆」。也禁不住讚美：「名不虛傳，果然如『寶』似『玉』。」後來在四十三回，寶玉穿了一身「純素」到郊外去祭金釧，面如春曉秋月的寶玉在俊美上當又添加了一脈莊嚴氣派。

八十九回，寶玉放學後前去瀟湘館，黛玉正在寫經，「身上穿著月白繡花小毛皮襖，加上銀鼠坎

5. 清 · 惲壽平，《花卉冊》（選錄），絹本，設色，共計八開。
圖牡丹，櫻桃、海棠、叢菊等。上海博物館藏。

肩；頭上挽著隨常雲髻，簪上一枝赤金匾簪，別無花朵，腰下繫著楊妃色繡花綿裙」。月白、銀鼠、水紅，穿出這樣的清麗，借寶玉的眼睛看去，難怪曹雪芹自己都要讚美人物，「亭亭玉樹臨風立，冉冉香蓮帶露開。」這眞是極致的姿容。

曹雪芹在調動視覺元素方面，甚至連專業畫家都不及。只見在他的手中，沉穩的文人色生動起來，罵野的民俗色馴雅起來，其品味的瑰異、大膽、郁艷、細膩、雅致，令人觀止屏息。各種光和色，在小說家的筆揮下，皆變成生靈，不但各自施展能耐，又相互托襯醞染；第十八回元宵夜宴，場面已經是：

只見院內各色花燈爛灼，皆係紗綾紮成，精緻非常，……園中香煙繚繞，花彩繽紛，處處燈光相映，時時細樂聲喧；說不盡這太平氣象，富貴風流。

還有：

只見清流一帶，勢如游龍，兩邊石欄上，皆係水晶玻璃各色風燈，點的如銀花雪浪；上面柳杏諸樹……皆用通草綢綾紙絹依勢作成，……諸燈上下爭輝，眞係玻璃世界，珠寶乾坤。

形成了視覺上的全面性的豪艷景象。

6. 清 · 王原祁（1642－1715），《輞川別業圖》（局部），卷，紙本，設色，高36.5 × 長974.03厘米，1711年，紐約大都會博物館藏。

7. 清・高鳳翰，花卉冊十二開之三，1743，金箋，40×25厘米，重慶市藝術博物館藏。
8. 清・「揚州八怪」金農《觀荷圖》，冊頁，紙本設色，28×24厘米，舊金山亞洲美術館藏。

交鳴的聲音

從上引「時時細樂聲喧」，讓我們從顏色來到聲音，從視覺來到聽覺。這方面，《紅樓》文字的音樂性，也是其他小說不能比的。

書中直寫戲曲的章節非常多，不但透露了小說家廣泛而又深入的戲曲知識，且又盡到了早由脂批提醒的「點戲伏筆」的作用。十八回慶元宵，元妃談說許多戲目。四十四回，眾人觀賞《荊釵記》，黛玉借和寶釵說劇情，隱告寶釵自己是知道寶玉出府密祭金釧的。卅三回，寶玉和黛玉讀誦《西廂記》和《牡丹亭》，小說家直寫對戲曲的喜愛。八十六回，借黛玉撫琴，直寫琴藝，說到先衣冠整齊、盥手焚香潔淨自己，然後身、心並進的必要——「**心不外想，氣血和平，才能與神合靈，與道合妙。**」

曹雪芹在文字的聽覺性上的成就，自然不止於談論音樂，而更在他能用平面性的文字製造出立體性的、身歷性的音響效果。

廿三回，林黛玉第一次葬花，和賈寶玉兩人花樹下讀《西廂》。後來襲人把寶玉喚了去。黛玉一人走回房，經過梨香院的路上，聽見牆裡笛聲悠揚，伴著歌唱，偶然三兩聲吹送到耳中，唱的是青春易去和花兒易謝的句子。黛玉想起了古書裡常寫水流花謝無情，也想起了方跟心愛人共讀同樣婉惻的句子，在飄嫋婉轉的歌聲裡，心思起伏，一時不覺神痴。

這裡，笛聲、歌聲、詩句、思絮、對語、傾訴，在虛構和實際，過去和現在，方才和此刻之間，像琴鍵和琴弦的迭落、交響、迴應，文字鳴奏出聲音，情緒隨聲音而疊疊深入，羅織成中文小說中罕見的，眞正是秩序、綿密、蜿蜒，又深沉的聽覺世界。

就像在顏色方面能調複色又能調純色，在音韻上曹雪芹能譜複音又能曲單音；七十六回裡有一枝單笛，吹得人心醉神迷——

這是中秋夜，賈母領眾人在凸碧堂賞月觀花，正飲著酒說著閑話的當時，「**猛不防只聽那壁廂桂花樹下，嗚嗚咽咽，悠悠揚揚，吹出笛聲來。**」眾人停了談笑，「**明月清風，天空地淨**」之間，肅然危坐，默默地聽起笛聲來。聲止後大家回神，都稱讚不已，賈母是有文化品味的人，卻說，「**這還不大好，須得揀那曲譜越慢的吹來越好。**」

夜深沉，都有些疲倦了，只賈母仍未盡意，穿上鴛鴦拿來的兜巾和斗篷，又命斟酒，眾人只好再陪著說笑，這時「**只聽桂花陰裡，嗚嗚咽咽，裊裊悠悠，又發出一縷笛音來，果眞比先越發淒涼。**」大家又停止了說話，寂然而坐，在靜靜的月夜，聆聽一只笛聲。賈母聽著聽著，不禁流下了淚。

夜宴散了，然而明月並未離去，黛玉、湘雲來到凸碧山莊底下的凹晶溪館。天上一輪皓月，池中一輪明月，上下映照得像水晶世界，微風吹過，水面粼粼鋪出了縐紗似的紋路。不知從哪兒這時又傳來了笛聲。

月光如水，景色如夢，笛聲悠揚，黛玉和湘雲擊十三根欄杆啟韻，聯出了七十六回中出現的，《紅樓》詩詞中廣被討論，也會在這裡的第八節寫到的「凹晶館聯詩」。

複音匯聚，達到另一個高峰是在九十六回，這時黛玉即將氣絕，另一頭的園外，寶玉婚禮正在進行。二組強音，極哀和極歡，同奏卻並不合鳴，節節澎湃激昂，終於在一邊婚禮來到完成的頂點，一邊黛玉呼喚著寶玉的名而斷氣上戛然而止，借用八十七回妙玉評黛玉撫琴的文句來說，眞是「**音韻可裂金石**」。

這時候，忽然遠遠送過來一陣聲音，可是注意地聽，卻又沒有了。陪伴黛玉床側的人走出屋外，仔細再聽，只看見竹梢在微風裡輕輕晃動，月影已經移過了牆頭，什麼也沒有。

強音齊奏之後隱約續起單音，裊遙延連，似有又無，以至寂靜。

很多人都責備續寫的高鶚才情不足，因是和曹雪芹比，其實這些段落高鶚都處理得十分精采。

全本紅樓百二十回中還有多處隨時提用了音響，例如：

廿六回，寶玉順步來到瀟湘館前，只見鬱密的竹林，風在林中穿梭如絲竹細鳴——「鳳尾森森，龍吟細細」。

四十五回，黛玉小病，雨夜感懷，睡在床上，聽見「窗外竹梢蕉葉之上，雨聲淅瀝，清寒透幕」。

八十七回，眾姊妹白日在園中談桂花和南方，後來黛玉回到自己的房裡，想念起南方的故鄉。黛玉在屋中添了香，一人坐著，才要拿本書看：

> 只聽得園內的風自西邊直透到東邊，穿過樹枝，都在那裡唏溜嘩喇不住的響。

偌大的大觀園，瀟湘館幽靜隱蔽，卻聽見從東到西，風透徹地吹過，眞是掃蕩性的抒情之筆。

風過後：

檐下的鐵馬也只管叮叮噹噹的亂敲起來。

聲音響起，都帶來大量的抒情效果，有時回音裊繞，有時疊唱縈迴，有時多音齊鳴，文字生出了聽覺，澎湃又寧靜，激盪又細密。

中國古典小說敘述風格以白描爲主流，注意情景、行動的再現，例如《三國演義》、《水滸傳》、唐傳奇小說等，追求行文的簡潔俐落明確。《紅樓》走向繁複縝密，同時運作聲與色的多媒體，常常搓揉躊躇在一個點或面上，著意鋪陳綿延擴充不已，仔細挑引感官和感覺，進入曖昧的情緒和幽微的心理，進入了現代小說的領域。

【附】

曹氏風箏

曹雪芹曾著《廢藝齋集稿》一書，八冊並附彩圖，講述了各種手工藝的製作，其中包括了金石印章、編織、印染、竹雕、扇、園林佈置、飲食等。八冊目前仍舊散失，除了第二冊〈南鷂北鳶考工志〉以外。一九四〇年代，在專家們的努力下，輾轉用手抄方式保存了〈南鷂北鳶考工志〉的部份內容。這一挽救珍貴古籍的動人故事，參與者孔祥澤先生詳細地記錄在《曹雪芹風箏藝術》一書中。

比翼燕風箏

肥燕風箏

繪寫〈南鷂北鳶考工志〉的目的，曹雪芹在自序中記述，是因為見到友人于景廉戰後回來，傷足致殘而無以維持家計，於是寫授風箏製作法，讓他好學得一技度難關。後來曹學芹自己落入貧病，也是以扎製風箏的手藝支撐了生活。

〈南鷂北鳶考工志〉用歌謠方式細述風箏的「扎、糊、繪、放」四藝。風箏藝術家們根據寶貴的現存資料，製作出美麗精緻得驚人的風箏，咸稱為「曹氏風箏」（見孔祥澤《曹雪芹風箏藝術》北京工藝美術出版社，二〇〇四年）。

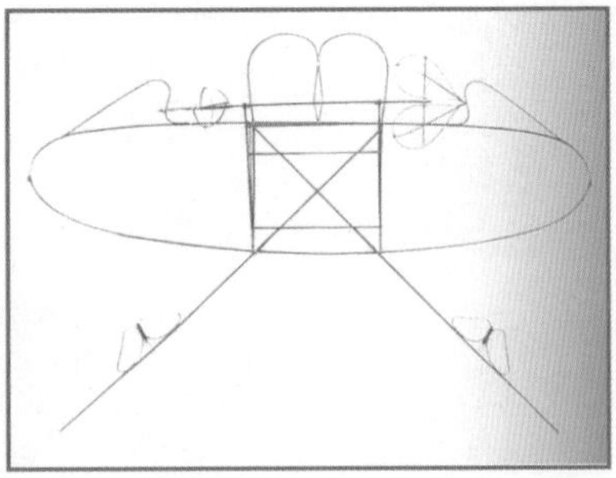

軟硬雙用風箏 1：8扎燕骨架（比翼燕）

第二篇　小說家的書房

從林黛玉和賈寶玉心儀的作家名單和書單中，我們或許可以猜出曹雪芹的文學品味。看來曹雪芹跟賈寶玉一樣，是個不上正課，不按導讀，喜歡自己看「雜」書的不聽話的學生；不受政治、社會、文化規範，不羈於文體方寸和思想類種，隨情興筆，縱意發揮，聰敏敷演，才寫出這樣一部「空靈娟逸」的作品，迷倒古今衆生。

十六冊七頁，「老學究講義警頑心」，敷衍《紅樓夢》第八十二回故事。

專家們都稱《紅樓夢》爲寫實主義的代表作，比如當故事從神話來到人間，人物栩栩地登場，情節歷歷地展開，對話比眞人說得還上口，的確各方面都不能把寫實主義呈現得更全面和精到的了。

重現景觀、描述眞實的同時，紅樓敘述也常偏離主題，寫去和主線無關的瑣事，繁複冗長雜沓的程度也令人觀止。胡適說紅樓是「平淡無奇的自然主義」，引起非議，卻不像貶詞，指出的，不外是紅樓娓娓細訴日常，如同日誌一般的述事風格吧。

於是像法國小說家福樓拜（一八二一～一八八〇）說的，「寫日常如同寫歷史」（write about ordinary life as one writes history），曹雪芹不慌不忙錙銖必記如同史家紀史一樣地寫下了他的《紅樓》紀事。比如第五十三回，寧國府除夕祭宗祠，裡外程序、人馬供品等，記載得漏不了一件；六十四回，賈寶玉、平兒、岫煙、薛寶琴一起過生日，來往壽儀、壽禮等等陳列得又是一筆流水賬目。一遇到人物對談，那也是比普通人聊天還更囉唆個不停，個個嘴上像薛姨媽說王熙鳳的「倒了個核桃車似的」（卅六回）。自然主義式的寫法舉不勝舉，連作者自己都要不時用「閑言少述」一句來撥回正題。這些段落也許只有忠誠的紅迷，或者別有用心的專家們才有細讀的耐心吧，猜想一般讀者不免都要跳過的。五十四回寫元宵節寶玉逛園，到山後撩衣，麝月、秋紋等侍候在旁，背臉說笑，要寶玉蹲下後再解衣，仔細風吹了肚子，這類可寫可不寫的文字也遍佈各處，只是和流水賬的那種比，娓娓細訴閑情倒也別有閱讀的趣味。

後人給《紅樓》文體種種定義，小說家自己沒說話，自然也不必說。可是對小說藝術，曹雪芹卻頗是有意見的。

開章第一回，他就明申自己的看法，

但我想，歷來野史皆蹈一轍，莫如我這不藉此套者，反倒新奇別致，不過只取其事體情理罷了，又何必拘拘於朝代年紀哉。

不借成套，不拘時空，只依情理而致力於奇異與別致，說出了小說家在書寫藝術上的意志，而他對幾種當時流行或暢銷的文字，其實是很不耐煩的：

——取悅市井大眾喜好的「適趣閒文」

——「訕謗君相，或貶人妻女，姦淫凶惡，不可勝數」的野史

——「淫穢污臭，屠毒筆墨，壞人子弟，又不可勝數的」風月筆墨

——內容千篇一律的佳人才子書

閑情文章、野史、風月筆墨、佳人才子書，幾乎囊括了當時的述事文類。對才子佳人書，或者言情小說，他最是看不順眼：

> 至若佳人才子等書，則又千部共出一套，且其中終不能不涉於淫濫，以致滿紙潘安、子建、西子、文君。不過作者要寫出自己的那兩首情詩艷賦來，故假擬出男女二人名姓，又必旁出一小人其間撥亂，亦如劇中之小丑然。且鬟婢開口即者也之乎，非文即理。故逐一看去，悉皆自相矛盾、大不近情理之話。

那麼曹雪芹中意的是什麼呢？

從林黛玉和賈寶玉心儀的作家名單和書單中，我們可許可以猜出曹雪芹的文學品味。

作家包括了屈原、宋玉、王維、阮籍、杜甫、李白等。

書籍包括了——

《詩經》；《易經》；記述神話、誌輿、五行等的《元命苞》；用周易來解說煉、養功夫的《參同契》；禪宗史書《五燈會元》；「楚人之《大言》、《招魂》、《離騷》、《九辯》、《枯樹》、《問難》、《秋水》、《大人先生傳》」（七十八回）；茗煙買回來，讓寶玉看得愛不釋手的「古今小說、飛燕、合德、武則天、楊貴妃的外傳」，和傳奇腳本（廿三回），其中包括《牡丹亭》、《西廂記》、《桃花扇》等；讀《會眞記》時，但覺「詞藻警人，餘香滿口」（廿三回）；賈母說到的劇目唱詞，包括「聽琴」（《西廂記》）、「琴挑」（《玉簪記》）、「胡笳十八拍」（《續琵琶》）；最愛的是《莊子》，其中〈秋水篇〉特別推崇。

「正經書」方面，《左傳》、《國策》、《公羊》、《穀梁》、漢唐等，讀了幾十篇（七十三回）；「《孟子》夾生」；除《四書》外，其餘「別的書都燒了」（卅四回）。

看來曹雪芹跟賈寶玉一樣，是個不上正課，不按導讀，喜歡自己看「雜」書的不聽話的學生。

七十八回賈政和一批老學士們閒談詩文，小說家借賈政批評寶玉詩風，說出了自己對文體的看法。賈政先用反語：

> 那寶玉雖不算是個讀書人，然虧他天性聰敏，且素喜好些雜書，……每見一題，不拘難易，他便毫無費力之處，就如世上的流嘴滑舌之人，無風作有，信著伶口俐舌，長篇大論，胡扳亂扯，敷演出一篇話來。雖無稽考，卻都說得四座春風。

可是心中明白寶玉「空靈娟逸」的賈政接下評道：

> 雖有正言厲語之人，亦不得壓倒這一種風流去。

藏身在人物賈寶玉中，作者在這裡索性說出了自己的想法：

> 我又不稀罕那功名，不為世人觀閱稱讚，何必不遠師楚人……或雜參單句，或偶成短聯，或用實

典，或設譬寓，隨意所之，信筆而去，喜則以文爲戲，悲則以言志痛，辭達意盡爲止，何必若世俗之拘拘於方寸之間哉？（七十八回）

不受政治、社會、文化規範，不羈於文體方寸和思想類種，隨情興筆，縱意發揮，聰敏敷演，曹雪芹寫出一部「空靈娟逸」的作品，迷倒古今眾生，至今還沒哪人能讀出它全部的涵意。

第三篇　不管道德的小說家

小說家仔細闡述「淫」的意思，似乎只把淫濫於表相的人罵成不知情愛爲何物的蠢蛋，究竟沒有在淫和汙穢、骯髒之間劃等號，啓用保守或通俗道德來加以臧否伐撻。其實我們早也該明白，《紅樓》作者是不可能動用大衆道德意識來寫他的故事的；他不是道學家、訓導主任、教育部長，他是小說藝術家曹雪芹。

九冊五頁，「多情女情重愈斟情，賈寶玉戲語金釧兒」，敷衍《紅樓夢》第二十九回故事。

紅學家周汝昌先生在他一九四九年出版的《紅樓夢新證》裡，提出曹雪芹個人背景的三種結合：

一，他家的地位是奴隸和統治者的結合。

二，他的家世是漢人與滿人的結合。

三，他家又是北人和南人的結合。

這樣的觀點和蔡元培先生在《石頭記索隱》裡提出的，《紅樓》有反清復明的深意，而曹雪芹是位民族主義者的看法正好相反。

從作品本身來看，散見章回文字之間的對清統治者的讚美不能算數；它們也許是不得已的表面文章。只是作者寫到賈寶玉和北靜王互賞，和以後賈府落難，北靜王和西平王搭救的情節時，都沒有掩飾對他們的好感，顯示出曹雪芹不但沒有蔡元培先生或其他持民族主義理論評者們所指出的那樣大義凜然的民族氣節，恐怕還和異族統治階級親和得很呢。

曹家在滿清還沒入關前就已歸順，具有「包衣」，也就是奴才的身分。雖然原籍北方，落戶江南已有六、七十年之久，世襲織造官，兼做情治方面工作，也就是做異族統治階級的眼線。曹雪芹的好朋友，包括敦誠、敦敏在內，都是旗人。這些生活背景無論從民族主義，或者祖源、出生地、地域來看，都通不過基本教義派對血統絕對純正的要求，訴之於文藝呈現，倒全是不能再好的創作條件。

周汝昌提出的三種結合，指出卓越小說家的非道德性的多重多面組合，也就是說，要寫得出《紅樓》這樣的小說，還眞得是奴才又是主子，是忠臣又是貳臣，是夫人又是姨娘，是漢族又是異族，是男人又是女人呢——小說家，不站邊、不表態、不尋求立場、不堅持意識形態或道德表述，是比較合適的。

不止是蔡元培一人，很多紅學家都要用倫理道德的眼光來讀《紅樓》，於是認爲襲人圓滑，秦可卿淫蕩，王熙鳳奸詐等，或者認爲大觀園是有意被建築在發生過扒灰事件的「骯髒的」天香樓原址上，或者作者有意寫照二種對立的道德形態等。

因爲牽涉到性與愛，天香樓一節故事正可用來探究小說家的道德觀。這段以傳聞的方式出現在敘述間的男女私情，作者寫得十分隱約，只是一在脂硯齋評說原稿本寫「秦可卿淫喪天香樓」，因受勸導而改寫今稿，二在僕人焦大醉罵賈府人士「扒灰」（七回），和三在秦可卿乍逝後，賈珍悲哀過度（十三回）等三個情節上，暗示也許什麼事情發生了，至於是什麼事情，有沒有眞正發生，小說裡只讓它留在遐思臆想的階段，眞相並不明確。

天香樓上究竟有無情慾勾當並不要緊；呈現有關這段「醜聞」的文字的中立語氣透露給我們的訊息也許更有意思；就道德意識來說，小說家似乎並沒有在前後敘述的哪一處表示了任何黑白分明的立場。

首先，事件的主角秦可卿，始終是小說家的至愛眞寶之一，「生的是裊娜纖巧，行事又溫柔和平，乃重孫媳中第一得意之人。」（五回）文字間的秦可卿不但特別的聰穎美麗，住所出奇的香艷綺麗，更重要的，她還被給予了「啓蒙者」的重任，讓她導引賈寶玉進入性愛的世界。

性和愛在《紅樓》裡有怎樣的基點和徵象?早在第五回，隱身在愛欲仙子警幻之中，小說家已經把他的觀點述說得很清楚——

自古來多少輕薄浪子，皆以「好色不淫」爲飾，又以「情而不淫」作案，此皆飾非掩醜之語也。好色即淫，知情更淫。是以巫山之會，雲雨之歡，皆由既悅其色，復戀其情所致也。

警幻接著對寶玉說，「吾所愛汝者，乃天下古今第一淫人也。」這樣大膽的看法，把寶玉聽得嚇了一跳，連忙問「淫」究竟是什麼?警幻回答，「淫雖一理，意則有別。」因人不同，詮釋不同，「淫」有不同的定義。世上的好淫的人，「不過悅容貌，喜歌舞，調笑無厭，雲雨無時，恨不能盡天下之美女供我片時之趣興」，這樣的人都是蠢物，不過在皮肉上淫濫而已。可是遇到寶玉，按照警幻的說法，「淫」的意思是不一樣的。寶玉「天分中生成一段痴情」，才是她所推崇的「淫」。而「意淫」二字，「惟心會而不可言傳，可神通而不可語達」。脂硯這裡側批:「二字新雅」。警幻繼續解釋，「今日唯寶玉一人獨得『意淫』」二字，所以能「在閨閣中，固可爲良友」，可是在俗人眼裡，它卻是「迂闊怪詭」，並且會受到嚴厲的批謗斥拒;這時脂批又寫，「按寶玉一生心性，只不過是體貼二字，故曰『意淫』。」如果以「體貼」爲意，那麼這裡說的就是感官、感覺的敏感細膩了。

警幻的一長段話說得委婉曲折，似是而非，充滿了弔詭，眞正的意思藏在不少反語的背後。依她所說，淫並不是俗見誤以爲的只停留在肉體活動的層次，而是一種精神領域內的意境，一種愛和慾的極致走向。「淫」不該也不會被常識成見所束縛、所誣蔑，經過了文本交互參照詮釋以後，它必然會出現光明美好的眞相。有幸有寶玉這等不凡才人來召現，它的定義就成爲「一段痴情」，或者「脂硯」所延伸的「**新雅**」和「**心性體貼**」，而寶玉的好，或者說，之能美稱之爲「**天下古今第一淫人**」，正是在於他不但感官感覺上無比的敏銳細膩，更能把愛欲提升到精神的層次。

小說家仔細闡述「淫」的意思，似乎只把淫濫於表相的人罵成不知情愛爲何物的蠢蛋，究竟沒有在淫和污穢、淫和骯髒之間劃等號，啓用保守或通俗道德來加以臧否伐撻。其實我們早也該明白，《紅樓》作者是不可能動用大眾道德意識來寫他的故事的；他不是道學家、訓導主任、教育部長，他是小說藝術家曹雪芹。

第二回，借賈雨村之口，寫到天地間的邪氣賦之於人時，「**或男或女，上不能爲仁人君子，下不能爲大凶大惡**」，放在眾人中：

> **其聰俊靈秀之氣，則在萬萬人之上；其乖僻邪謬不近人情之態，又在萬萬人之下。**

這裡使用「**邪**」一字，又是有意說反話了；當曹雪芹爲邪人謬人下定義時，卻把他們通列爲「**情痴情種、逸士高人、奇優名娼**」，而這些不被世俗道德所認可的異樣族類，不正是小說家最鍾愛的紅樓子民嗎？

數紅樓人物，似乎沒有「仁人君子」的完人，也沒有「大凶大惡」的壞蛋，以張愛玲所說的「小奸小壞」爲最多。從地位尊貴的賈母、王夫人、賈寶玉、林黛玉、薛寶釵、王熙鳳等，到陪侍的平兒、襲人、晴雯、二尤等等，個性上沒有一人沒有缺欠，言行必須放在上下文中來閱讀，而不能見到他們所呈現的個體和個體處於眾體中時的複雜內容。與《三國演義》、《水滸傳》的敵我兩立、黑白分明，剪紙、傳奇式人物不一樣，紅樓人物要貼近日常生活太多，眞正是寫實人物。

不管道德成見，不加道德評判，走入道德無法介範的非黑非白的灰色曖昧地帶，焦距放向人性隱晦，生命荒誕虛無，十八世紀曹雪芹已經把中文小說領入了現代的場域。

第四篇　神話和儀式

在一個「幻」字底下，小說家揮舞魔棒，繼續點石成金，讓各處異相叢生，不斷地提醒我們超現實，或者「靈通」的存在和運作。而神話、傳奇這部份，一由僧、道明線帶領，一由寶、黛隱喻載負。前者處理人力無法解決的難題，紓釋故事情節上的困局；後者化爲人身，扮演人間角色，處處顯露現實無法界定的稟異；如果僧、道是超現實的符碼代號，寶、黛就是神話/傳奇的具體體現。

二冊七頁，「寶玉神遊太虛境」，敷衍《紅樓夢》第五回故事。

如夢似幻

曹雪芹在紅樓第一回第一句中寫，經歷過一番生命如夢的顛簸以後，藉「通靈」之說，撰成故事。這「通靈」，也就是紅樓敘述的非寫實局面，廣袤精深，它依附神話傳奇、宗教故事、民間傳說、俗俚迷信、明寓暗喻、潛意識、精神恍惚、顛狂狀態、大量的夢，和小說家的奇思異念、玄想妙得、胡言亂語等。比如巫師揮舞雙手，小說家召喚宇宙精神和天地精靈，操縱各種如施展法術，在文字中運作成一股龐大精深的力量，設計出一張無所不羅的網脈，讓人讀得目不暇給，心眩神迷。

這一宏偉的超現實架構，從第一至五的五回中逐步而穩健地成型，又分別以第一和第五兩回進行得最緊密。

我們先看第一回，魔法啓動，第一次總現亮相——

女媧煉石補天，三萬六千五百塊只剩下一塊頑石，非常嚮往塵世，就由一僧一道點化爲美玉，攜去人間，這是賈寶玉的起源。

爲幻石預備世俗歷程，僧、道進入人間甄士隱的夢裡。在夢中，二人訴說另一個絳珠仙草以淚還願的傳說，這是林黛玉的起源。

二支脈絡都託依神話和傳奇，莫非要給賈寶玉和林黛玉二位主要人物的奇情異性找憑據，爲他們的

會合找邏輯基礎，以便鋪陳即將到來的非凡本事。

在夢裡來到「太虛幻境」的面前，甄士隱正要隨僧、道二人入內時，忽然一聲霹靂，驚醒了炎日芭蕉下的瞌睡，從夢中轉回，超現實的精靈已經附在甄士隱身上；小說家的魔棒已經把他點成紅樓故事由來的解說人，更要他在故事的起頭和結束的關鍵兩處宣說紅樓書寫的主旨——呈現人間虛假難分，生命虛幻無常的眞理。

第一回，從第一句「**列位看官**」起，至「**脂硯齋甲戌抄閱再評，仍用《石頭記》**」為止，大約佔全回四分之一篇幅的文字，是作者的開場白，也是自序或楔子。再下來——「**當日地陷東南，這東南一隅有處曰姑蘇**」，從太虛塌陷的東南一角，也就是天庭陷落了的缺口，人物和故事降臨塵世。

於是大家來到繁華的姑蘇城，甄家門口突然來了奇怪的一僧一道，預告小女兒甄英蓮的未來命運，隨即就消失了蹤影。元宵節時女兒果眞在人眾裡不見了，甄士隱思女成疾，跛足道人再出現，唱出奇異的〈好了歌〉，甄士隱聽完歌後隨瘋道人飄然而去，自此走出敘述，一直要到最後一回才再回來。而這一僧一道始終或暗或明地跟隨著賈寶玉，在寶玉遇難的時刻，總會如期的再現，拯救寶玉。

賈府情事正式上場。從這裡開始，俗世取代神話傳奇，寫實主義展開局面，第一回結束的時候，人間已經卓然成立了。

可是超現實元素並不消失，在接續下來的章回裡，它隨時幻化成傳奇：

——某晴日風和底下突然出現的一座朽廟（二回）

——寶玉和周圍人物第一次現場時，那一身身的華美綺麗如幻似夢的衣裝（五回）

——寶黛第一次見面時，都覺得在遙遠的某時曾經遇見過的不可解釋的熟悉感（五回）
——寶玉的金彩珠光、玲瓏剔透的睡房（四十一回）
——寶玉睡房床前那面嵌在四面雕空紫檀壁內的大鏡（四十一回）
——導引柳湘蓮隱去的瘸腿道士（六十六回）
——出沒奇異的海棠（七十七回）
——各種畫符和釋符；謎面和謎底
——無數的預兆
——無數的白天和晚上的夢

在一個「幻」字底下，小說家揮舞魔棒，繼續點石成金，讓各處異相叢生，不斷地提醒我們超現實，或者「靈通」的存在和運作。而神話、傳奇這部份，一由僧、道明線帶領，一由寶、黛隱喻載負。前者在第一回與甄士隱一同沒去後，要在第廿五回，十三歲的寶玉被趙姨娘巫蠱而發魔時，他們才爲拯救寶玉而再現。又要等到第百十五回，前來送還失玉，百二十回，帶領寶玉回歸太虛，才又現。他們的重現都設計在故事警險處，都和寶玉有關。二者出沒和寶玉的密切關連，小說家在終局借賈政之口，作了總結：

> 便是那和尚道士，我也見了三次：頭一次，是那僧道來說玉的好處；第二次，便是寶玉病重，他來了，將那玉持誦了一番，寶玉便好了；第三次，送那玉來，坐在前廳，我一轉眼就不見了。我

心裡便有些詫異，只道寶玉果眞有造化，高僧仙道來護佑他的。

僧、道出現，處理人力無法解決的難題，舒釋故事情節上的困局，何其芳說它是「演戲無法，出個菩薩」。由是小說家把僧、道設計成解圍觀音、送信菩薩，著意經營他們的出沒，以便傳遞訊息，提示我們別忘記了，神話、預言、幻夢可是天羅地網，隨時都要提神顯靈的。

寶、黛化爲人身，扮演人間角色。他們一出場，不是外貌綺麗冠群，就是語言通靈達悟，處處顯露現實無法界定的稟異；如果僧、道是超現實的符碼代號，寶、黛就是神話／傳奇的體現。

我們再來看第五回，超現實的另一局繁榮的擺布。小說家先帶我們來到場域——秦可卿的臥房——

「剛至房門，便有一股細細的甜香襲了人來。寶玉便覺得眼餳骨軟，」只見壁上掛的是「唐伯虎的《海棠春睡圖》」，「案上設著武則天當日鏡室中設的寶鏡，一邊擺著飛燕立著舞過的金盤，盤內盛著安祿山擲過，傷了太眞乳的木瓜。上面設著壽昌公主於含章殿下臥的榻，懸的是同昌公主製的連珠帳。」不止於此，還有「西子浣過的紗衾，移了紅娘抱過的鴛枕。」從先秦到唐代到明季，不顧時空規律，兩千年的香艷在這裡特別爲寶玉匯聚而總現，寶玉怎會不高興的呢？難怪他「含笑連說好」，秦可卿也笑著說：「我這屋子，大約神仙也可以住得。」

何只神仙住得，雖爲人間睡房，實爲超現實場域；穿越過時空的隧道，小說家要引領我們進入傳奇。

於是各物發出迷人的魅力，挑逗起旖旎的艷思，召喚出夢幻的精靈，煽動了身心的愛欲。由各種幻相層層佑護，寶玉被教授了性愛的眞諦，被預告了庭園子民的命運。

寶玉在秦可卿床上作的夢，是幻想，也是潛意識。《紅樓》只有這回寫認眞的性慾，寫得精采絕倫；秦可卿代表了成熟的性愛。少年寶玉對她的憧憬、傾慕，只能由寶玉在夢中呼喚人都不知的秦氏的小名，和後來聽到她乍逝的消息吐出一口鮮血才可探測深度。

意識和潛意識在寶玉身上交相運作，現實與超現實保佑和衛護，帶引著他，造就著他，使他完成了生命中的第一次啓蒙。

夢中寶玉被預告了紅樓女子的命運，曲文其中有一首「枉凝眉」，內容再一次提醒寶、黛各自的神話構造和通靈配合。

一個是閬苑仙葩，一個是美玉無瑕
一個枉自嗟呀，一個空勞牽掛
一個是水中月，一個是鏡中花

血的儀式

很多民族都有見血的成年禮，賈寶玉的成長過程也常觸紅見血，每每給予他深沉的啓迪，使他好似一一經歷著莊嚴的成年儀式。

第五回，處子的寶玉在夢中與秦可卿完成首次的性活動，可視爲第一次的儀式。在另一個夢裡，聽到秦氏去世，「覺心中似戳了一刀的，不忍『哇』的一聲，噴出一口血來。」（十三回）這是寶玉第一次濺血；秦氏或者能被視爲某種儀程的主持者／女祭司。

四十三回，寶玉素服出城到荒郊，在小廝茗煙的協助下，悼祭因他而投井的侍婢金釧，「寶玉掏出香來焚上，含淚施了半禮。」

七十八回，寶玉出園探望垂危的晴雯，後從賈政處陪完客後回來怡紅院，脫下外衣，只穿著一件松花綾子夾襖，「襖內露出血點般大紅褲子來。」這條血紅的褲子正是晴雯親手針線，眞是怵目驚心的犧牲顏色，莫非又暗喻祭儀？這時傳來了晴雯過世的消息，月光下芙蓉花前，寶玉「衣冠整齊，奠儀周備。」典儀正式進行，「遂焚帛奠茗，猶依依不捨。」

九十七回，黛玉魂歸於天，寶玉婚禮啓動，這是寶玉生命中也是《紅樓》故事中最緊迫的一次典禮，禮儀步驟記述詳細：「一時，大轎從大門進來，家裡細樂迎出去，十二對宮燈排著進來，……儐相贊禮，拜了天地。請出賈母受了四拜，後請賈政夫婦登堂行禮畢，送入洞房。」

寶玉招黛玉入夢而不能，終於和寶釵圓房（一〇九回），如果第五回與秦可卿的第一次性活動可視爲啓蒙禮，這一〇九回的一次也能算是另一程儀式；如果第五回是啓始，這一次則是完成，之後寶玉就要走了。寶釵身置其中，也可被看成是另一位典儀的主持者，或是另一件牲品。

然而最莊嚴的儀式舉行在最後一回。賈政送賈母、黛玉等靈柩歸葬故鄉，行走到毘陵，天突然寒冷，下起了小雪，船泊在一個清靜的津口。賈政打發人上岸投帖辭謝朋友，船中只留了個小廝伺候——

> 抬頭忽見船頭上微微的雪影裡面一個人，光著頭，赤著腳，身上披著一領大紅猩猩氈的斗篷，向賈政倒身下拜。

紅猩氈的斗篷，腥紅的顏色像血的顏色，再是典禮的顏色；行跪拜大禮，正式向生命的來源／父親和人間辭別，是典禮的過程。

以上列舉處處，見血現紅的儀式共有五、六次之多，把寶玉從童年而至成年的過程劃分成明確的段落，也把龐大紛雜的敘述劃分出明晰的導讀路線。依序敬祭秦可卿、金釧、晴雯、黛玉，寶玉與精秀的女孩兒們一一告別，也向童年一步步告別，每祭每步皆是戀戀地懷悼童稚的消失，美好的不再。津口與賈政的跪拜則是向塵世人生作一總的告別，在執行人倫責任，留下遺腹子嗣和中舉，完成了儒家社會做人的二大職責以後，寶玉到底度過了考驗，釋放自己於人世，回歸神話，重新獲得了自由。在時空邈遙的那裡——我們重新記起前引的第五回中的「枉凝眉」——月將從水中升起，花將在鏡中綻放，奇石和靈草將重逢，再依偎，進入永恆。

經由夢幻和儀式的結構，小說家建築紅樓傳奇，幅射庭園光暉，爲以後中文小說主題提供原型。繼《紅樓》之後，從單純的懷鄉憶舊，到對生命和時空的深沉思索，很多作者都在曹雪芹打下的基礎上，試著尋找和釐定他們自己的神話和夢輿。

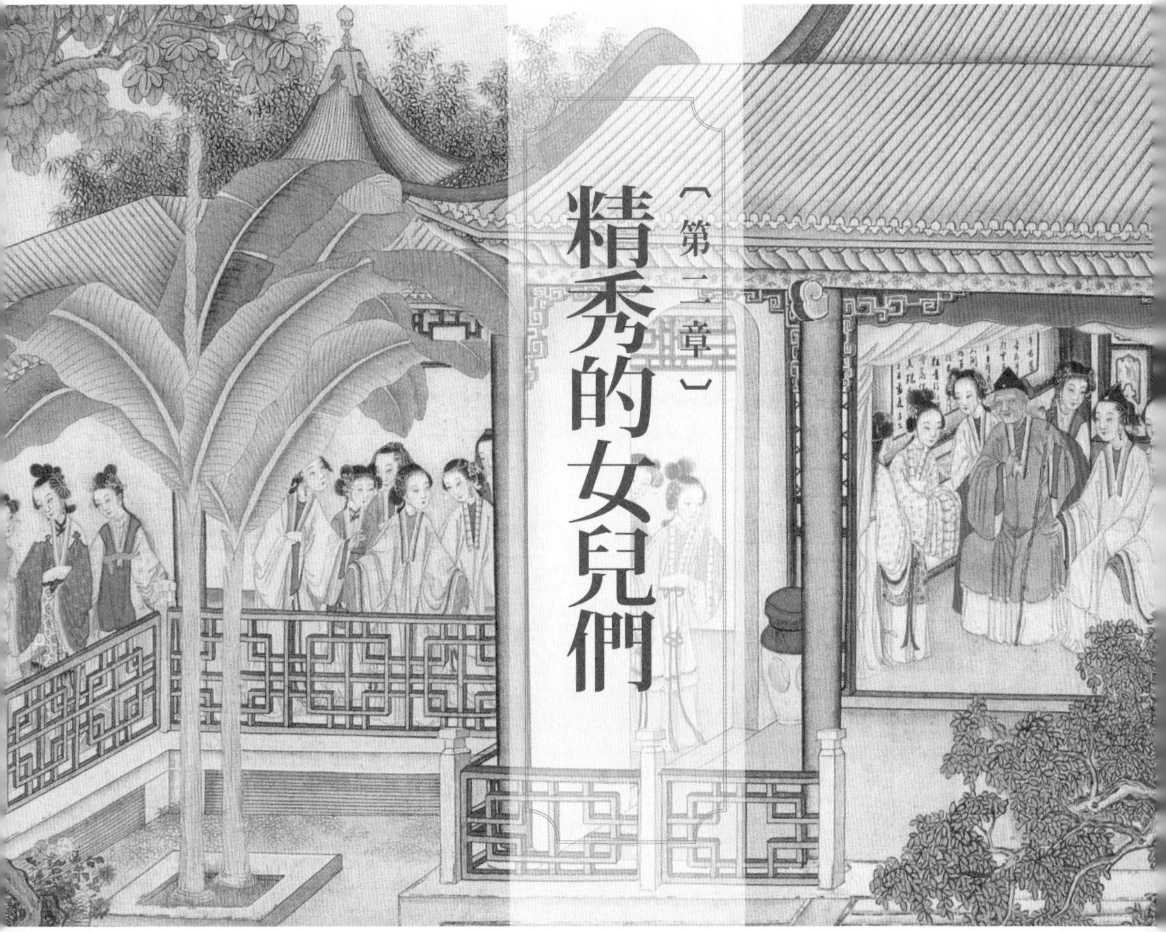

第二章
精秀的女兒們

前頁：二冊二頁，「接外孫賈母憐孤女」，敷衍《紅樓夢》第三回故事。

第五篇　不是那輕薄脂粉

每人的住處泰半都求簡淨、典雅、沉穩，如果我們這時想起了秦可卿臥房的琳琅滿目、香艷華麗，不得不讀出曹雪芹細述各人住處的苦心；他顯然是要我們明白紅樓女孩兒們另一種菁英知識分子的特質。

十四冊七頁，「史湘雲偶填柳絮詞」，敷衍《紅樓夢》第七十回故事。

四十九回，薛寶釵的妹妹寶琴第一次來到大觀園，和園中諸女兒們見面，讚道，「諸姐妹們都不是那輕薄脂粉。」小小年紀反應靈敏，一句話就道出了大觀園女孩兒們的非凡氣質。

林黛玉五歲就有進士身分的家庭老師。薛寶釵從小像男孩子一樣學習。王熙鳳自幼是「假充男兒教養」，而且因爲家族從事朝廷外交和外貿等事業，很小就見到了「外國人」，和「粵、閩、滇、浙所有的洋船貨物」（十六回）。女子這樣被養育，在十七、八世紀的中國並不尋常。傳統文化方面她們都有某種程度的陶薰；妙玉、惜春明白佛理；史湘雲能談簡單的哲學。四十二回借惜春畫大觀園，作者展示了女孩兒們在藝術上的功夫；她們可以談寫意、界畫、題跋法、皴滃法、南宗山水等美術方面的專題；寶釵懂繪畫工具和用料；黛玉懂詩學、音樂，能作曲彈琴，對琴藝有深度的訓練和實踐。第四十回，賈母領劉姥姥逛大觀園，引介後者參觀各處女孩兒們的住所，作者借此仔細呈現了她們的書卷氣質。

劉姥姥等先到黛玉的房間。一進門，看見窗下案上放著筆硯，書架上擺布著書函，劉姥姥還以爲是到了哪個「哥兒的書房了」，這時賈母笑指黛玉說是黛玉的屋子。劉姥姥留神打量了黛玉一番，也笑著說，「這哪像個小姐的繡房，竟比那上等的書房還好。」

眾人一行又來到探春的屋子——

這三間屋子並不曾隔斷，當地放著一張花梨大理石大案，案上磊著各種名人法帖，並數十方寶硯，各色筆筒，筆海內插的筆如樹林一般，那一邊設著斗大的一個汝窯花囊，插著滿滿的一囊水晶球兒的白菊，西牆上當中掛著一大幅米襄陽《煙雨圖》，左右掛著一副對聯，乃是顏魯公墨跡。

汝窯窯址位在今日河南臨汝一帶，是專爲皇家製造的北宋官窯，中國五大名窯的第一，青瓷的魁首。或滿釉或開片，汝窯令人醉心的地方是釉色做得像雨後雲開處的那一片瑩潤清麗的青空，所以常稱爲「天青」。因爲材料中參用瑪瑙，有時邊緣或稜角還會暈出晚霞似的紅霓。據說品味不能更精緻的宋徽宗頂喜歡它。因爲嚴格控制品質，出品不多，早在十二世紀就已難求了。汝窯開窯高峰生產時期大約只有二十年，北宋滅亡後封窯，如今存世的據台北故宮統計，不出七十件，多是小件，台北故宮有廿一件（圖9）。

探春的書桌上竟有汝窯花插，還是斗大的，太厲害了。

米襄陽，是宋代的山水畫家米芾（一〇五一～一一〇七），因爲言行離經叛道，又有「米顛」之稱。米芾是文人畫派的一位先鋒，逸品中的極致，他一反北宋的巍峨山水，不用明確的形式和皴法來描繪山嶺的巍實強壯，卻用大量的濕筆和暈墨來展現水景，浸染出縹緲空靈的煙雲氣象，就此創立了著名於史的「米家」山水。探春房內牆上的《煙雨圖》想必很接近台北故宮的《春山瑞松圖》（圖10）罷。米芾的書法跟畫一樣好，他的書體有一種即興而起的感覺，筆盡而意不盡，一種縱逸、灑脫、秀麗又俊拔的氣質無人能及。蘇東坡是米芾的好友，讚賞米芾「風檣陣馬，沉著痛快」。故宮有多幅米芾的書法精品，其中《珊瑚帖》（圖11）很能展示蘇軾所體會的不羈風骨。紐約大都會博物館另有幅《吳江舟中詩卷》（圖12），筆墨運行之間透露著時間的速度，俊野的勢力，也是極致。唐代顏眞卿，恢弘遒勁的楷書大家。他的《裴將軍碑》（圖13）在楷書中夾寫篆書、隸書、金石斫刻，全體越局破格，一脈渾樸磅礴得了不得。陳列在探春書房裡的不啻是一個古藝術特展，展出的還是其中精粹呢。

探春的高標，在廿八回又有另一種勾述；爲了給姊妹們備置日常小禮物，探春要寶玉乘出門的時候，給她買回來一些字畫書籍、卷冊、新奇的小玩意等等。寶玉回答，城裡除了一些金玉銅磁、沒用的骨董、時尚衣服、吃食以

9. 北宋・汝窯青瓷水仙盆，全高6.9 × 縱長16.4 × 橫長23厘米，口徑23厘米，國立故宮博物院藏品。

外，好東西是沒有的。探春聽了說：「誰要那些，像你上回買的那柳條兒編的小籃子，整竹子根摳的香盒子，膠泥垛的風爐兒，這就好。」要寶玉挑選「那樸而不俗、直而不拙者」。講究原眞、精緻文化的人士們，大約都知道探春要寶玉買回來的是什麼罷。

樸而不俗、直而不拙，這種並不簡單的品味，能跟探春分享的是寶釵。大夥及進了寶釵的蘅蕪院，但覺——

> 雪洞一般，一色的玩器全無。案上只有一個土定瓶，瓶中供著數枝菊，並兩部書，茶奩、茶盃而已；床上只吊著青紗帳幔，衾褥也十分樸素。

如此素淨，當時賈母就要王熙鳳遣人挑送過來幾件「玩器」。這時王夫人和鳳姊都忙忙回道，「他自己不要的，我們原送過來，都退回去了。」而薛姨媽也爲女兒解釋，「他在家裡不大弄這些東西。」如果我們用現在的說法，應該就是不喜歡把時間用到佈置家屋廳室這類的主婦性活動上去罷。這之前，其實做母親的薛姨媽早已把寶釵的「反輕薄脂粉氣」明說過了，那是當薛姨媽把一些想必是名牌的花飾送過來王夫人處，要給府中女孩兒們戴用，王夫人要她別客氣，還是留著給自己女兒用的時候，薛姨媽說，「寶丫頭古怪著呢，他從來不愛這些花兒粉兒的。」（七回）也就是說，寶釵是很不喜歡去做塗粉抹脂、插金戴銀那種事的。

第八回，寶釵小恙，寶玉來訪，聞到她身邊一陣幽香，問是什麼香時，寶釵笑道：「我最怕熏香，

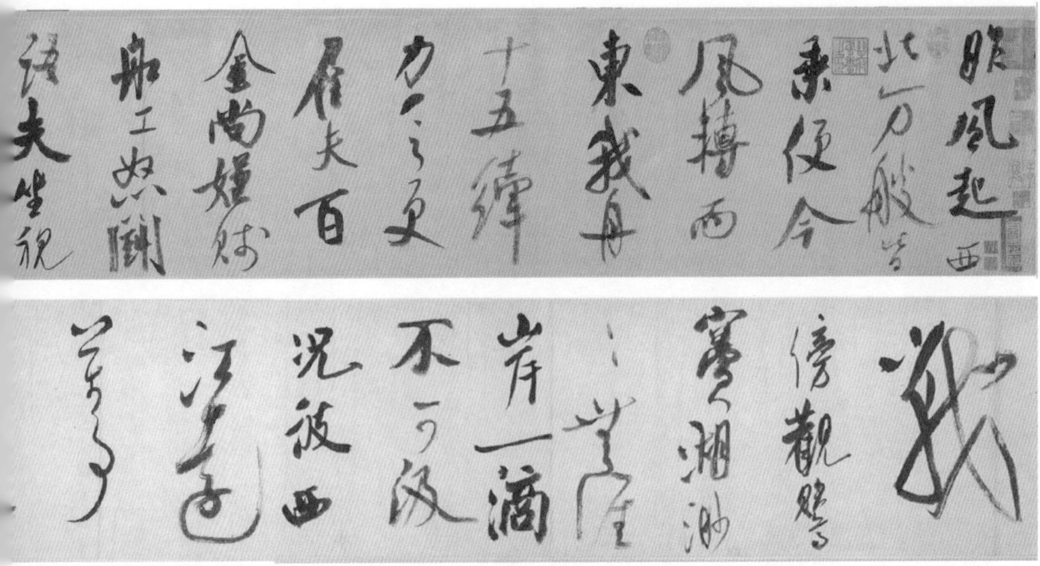

12

10. 宋・米芾，《春山瑞松》，掛軸，絹本設色，35×44厘米，國立故宮博物院藏品。

11. 宋・米芾，行書《珊瑚帖》，又名《珊瑚筆架圖》。竹紙本，墨跡，縱26.6 × 橫47.1厘米，北京故宮博物院藏。另《復官帖》附於《珊瑚帖》之後，故常合名《珊瑚復官二帖》。

12. 宋・米芾，《吳江舟中詩卷》，紙本，墨跡，31.3 × 559.8厘米，美國紐約大都會博物館藏。

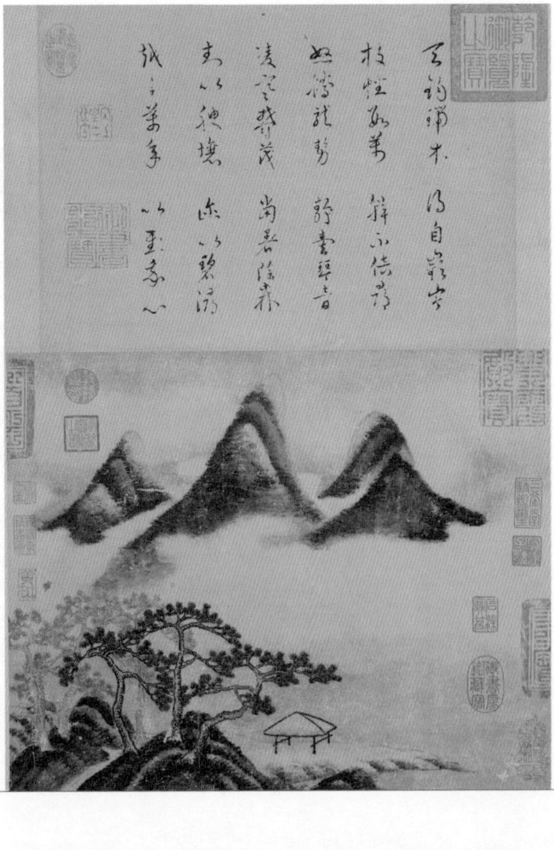

10

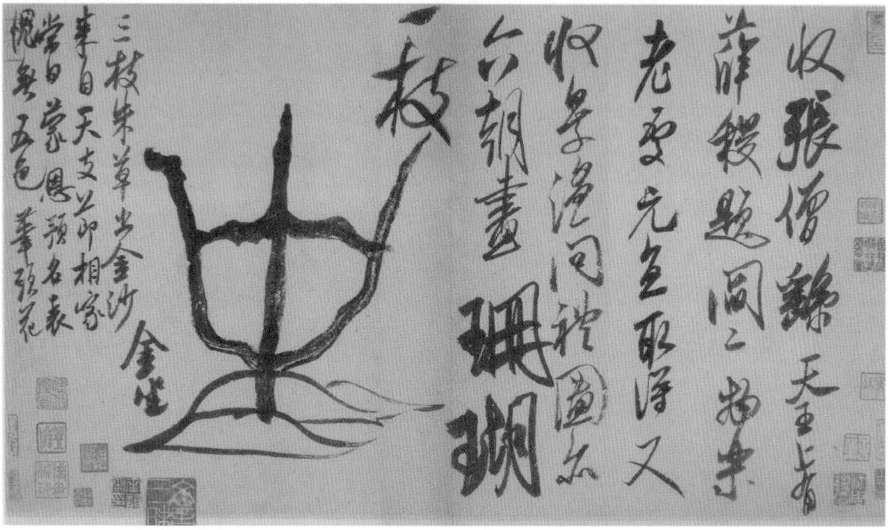

好好的衣服，熏的煙燎火氣的。」這香自然不是化妝粉香，而是冷香丸的藥香。脂評側批寶釵痛恨香水，「眞眞罵死一干濃妝艷飾鬼怪。」

於是寶釵在家裡什麼都不放，只放了一只土定瓶，內插一枝菊。

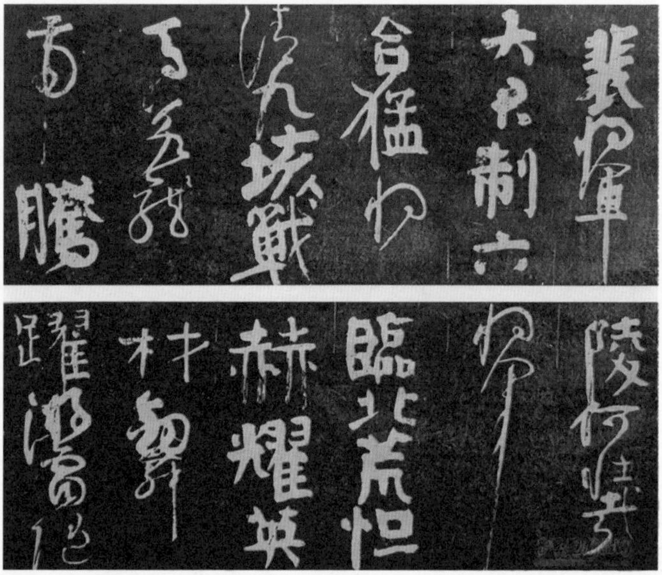

13. 唐．顏真卿（709—785），《裴將軍碑》（局部），長64 × 寬33厘米，刻石厚12厘米。首行刻「裴將軍」。此帖又稱《送裴將軍北伐詩卷》，首見南宋留元剛《忠義堂帖》刻本。浙江省博物館藏 。

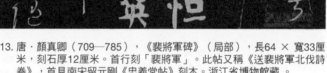

窯址在今河北曲陽的定窯，創燒於唐代，也是中國五大名窯之一。定窯多以白釉爲主，有粗、細二種。寶釵的土定應該是粗窯罷。相對於賈府三小姐探春房內的斗大的汝窯裡插滿水晶球菊的貴族氣派，作客的寶釵很收斂。不過在粗窯中放一單枝菊，顯示的哪裡是「**不大弄這些東西**」，是不屑通俗，走高檔次的極致主義路線呢。這一種十分知性的原樸簡純偏好，直可比美今日菁英分子們追求「全天然」，或者「原生」、「有機」趨向。劉姥姥覺得寶釵屋裡冷得像雪洞一般。賈政小廝興兒背後閒話，也說寶釵冷，「**生怕這氣大了，吹倒了姓林的，氣暖了，吹化了姓薛的。**」（六十五回）俗人眼中的寶釵的冷，充分表露的，其實是知識分子的睿冷和理智，要是也用現在話來說，就是很酷／冷的意思了。

每人的住處泰半都求簡淨、典雅、沉穩，如果我們這時想起了秦可卿臥房的琳琅滿目、香豔華麗（五回），不得不讀出曹雪芹細述各人住處的苦心；他顯然是要我們明白紅樓女孩兒們另一種屬於中性的菁英知性特質。

若論知性，自然要講學問，這件事上又以薛寶釵爲最高明。

十八回元妃省親，席宴間元妃要寶玉作詩，寶釵警覺到元妃不喜歡「**愛綠玉**」一詞，暗中要寶玉把它改成「**綠蠟**」，並且爲寶玉解說後者的出處。海棠詩社聚會，寶釵給會員們把詩學的正經道理講解得頭頭是道：「**題也不要過於新巧了。你看古人詩中哪裡有那些刁鑽古怪的題目和那極險的韻了，若題過於新巧，韻過於險，再不得有好詩，終是小家氣。**」（卅七回）遇到賈府演戲作樂，又能舉出通俗劇目的來龍去脈，使寶玉佩服不已，拜稱她爲「**無書不知**」的「**一字師**」，「**從此只叫你師傅，再**

不叫姊姊了。」（十八回）知識人愛評駁辯解，正是寶釵的脾性。雖然在家務和人事上她總是機警地迴避，像王熙鳳說的「不干己事不張口，一問搖頭三不知」（五十七回），遇到學識問題，可從不放過，件件都要「批駁誚謗」，不容爭辯；例如——

廿二回，寶玉同時得罪了湘雲和黛玉，被兩人聯手奚落以後，自己在那兒發悶，寫了幾句禪語出氣，寶釵見了，比出南宗六祖慧能的故事，使寶玉頓時感到識淺而慚愧。

四十二回，因黛玉日前聚會時提用了《西廂》、《牡丹亭》裡的幾句誹語，寶釵把黛玉叫到自己的蘅蕪院「審問」，「款款的」訓了黛玉一大通看雜書的不當，讀書與品格的關係等等，把平日很能舌尖口利的黛玉訓得「垂頭吃茶，心下暗伏，只有答應『是』的一字。」

寶釵總要和別人「對講學問」；五十六回，熙鳳病，探春和寶釵治家，寶釵提用了朱熹的「不自棄」來針對賈府的經濟管理，和探春對談了好一番孔孟之道和經濟經營手段之間的矛盾。這時探春舉出《姬子》裡的批評營利之士不守道德的四句話，覺得「那不過是勉人自勵，虛比浮詞，哪裡都眞有的。」寶釵聽了不同意，提醒探春別忘了四句後還有下一句，使得探春不得不承認自己斷章取義，「念出底下一句，我自己罵我自己不成？」

這下一句並沒有在文中出現，遍尋《姬子》也不得。據紅學家們考證，原來朱熹文字中也許用過不自棄三字，卻不曾有〈不自棄文〉留世，這四句文字是探春胡編出來的，而朱熹也從來沒寫過《姬子》一篇。

在小說裡，二人語言來往之間引用朱熹「原文」，討論得頭頭是道，展現了不凡的語文實力，不但

把紅學專家們、朱熹專家們弄得團團轉，也使在旁聽著的李紈笑諷二人不顧旁人，只管追究學問的。這時寶釵的回答眞是比現在的研究院院士還學究：「學問中便是正事。此刻於小事上用學問一提，那小事越發作高一層了。不拿學問提著，便都流入市俗去了。」

寶釵極有文字造詣；八十七回，黛玉拆開寶釵捎來的書信，信文讀來很艱深，連黛玉都得正經細讀才懂意思。和寶釵成婚後，寶玉常常挨訓，時時受教。因爲讀《莊子》，就給寶釵引經據典，辯諫得「低頭不語」。（一〇八回）

誰要在學問上遇到博學善論的薛寶釵，眞跟遇到一位當今的女學者、女教授一樣地頭疼呢。然而時常提醒自己，不向通俗墮落，薛寶釵作爲知識分子的自覺和期許卻是令人敬佩的。

要論菁英分子的才氣和傲氣，自然沒人比得上林黛玉。

黛玉極具詩才，詩品處處流露創機和靈性，連寶玉都不及。她特別喜歡王維。四十八回，薛蟠的侍妾香菱向黛玉求教作詩的方法，黛玉跟她細細解說修詞用韻，創作意義，把自己的《王摩詰全集》借給了香菱。

王維（七〇一～七六一），唐代的卓越詩人，文人水墨畫派的大家，南宗山水的奠基者，在古典文學和繪畫上都有無比的位置。王維退隱後畫《輞川別業》（圖14），雖然田園景象和《紅樓》華園成對比，心向桃花源／烏托邦／他鄉的本意卻是非常接近的。

黛玉跟香菱細解王維五言詩裡的視覺印象，「合上書一想，倒像是見了這景的。」恰是體會了吻合了蘇東坡讚美王維「詩中有畫，畫中有詩」的名句。

14. 唐・傳王維，《輞川別業》（局部），唐摹本，卷，絹本，設色，29.8 × 481.6 厘米，日本聖福寺藏。

黛玉也會書法，能在一色老油紙上臨鍾、王蠅頭小楷（七十回）。鍾是三國時期的鍾繇（一五一～二三〇），據說楷書是由他衍創而成（圖15）。王自然是書寫「天下第一行書」《蘭亭集序》的書法大師王羲之（三〇二～三六一）了。

黛玉又能撫琴作曲，對樂理能深刻評賞。八十六回黛玉對寶玉講解琴藝，談到「**吟、揉、綽、注、撞、走、飛、推等法**」，又談到運琴時的內在修養，「**心不外想，氣血和平，才能與神合靈，與道合妙**」，與出指時的外在準備，「**衣冠整齊**」、「**盥手**」、「**焚香**」等，身心一律齊整後，「**坐在第五徽的地方兒，對著自己的當心，兩手方從容抬起，這才心身俱正。還要知道輕重疾徐，卷舒自若，體態尊重方好。**」誰要遇到這樣嚴謹的琴藝老師，可不得疏忽悠閑的。

各種精粹文化項目上，黛玉的品味應是屬於澹逸的一種，取探春和寶釵二種精華而別具一格，想必是曹雪芹自己最心儀和追求的風格。

她又很用功，經常書在手中，先天稟賦加上後天努力，小小年紀就思路敏銳，閱識力過人。是黛玉能看出賈府財政出多進少，探春持家有分寸，和王熙鳳使在尤二姊身上的計謀，在尤二姊被騙入門，大家都以爲王熙鳳好意和大方時，暗暗替尤氏擔心；是黛玉看出大家庭中的傾軋關係，在王熙鳳說，一個個都像「**恨不得你吃了我我吃了你的烏眼雞**」時，把認知提高到知性層次，指出家庭、人際關係的政治性質，並且說出了連毛澤東都引用的名句：「**不是東風壓了西風，就是西風壓了東風。**」（八十二回）

黛玉如此捷思敏識，她看到花會謝，席會散，人會老的不可避免的生命走向，自己的和全體姊妹們

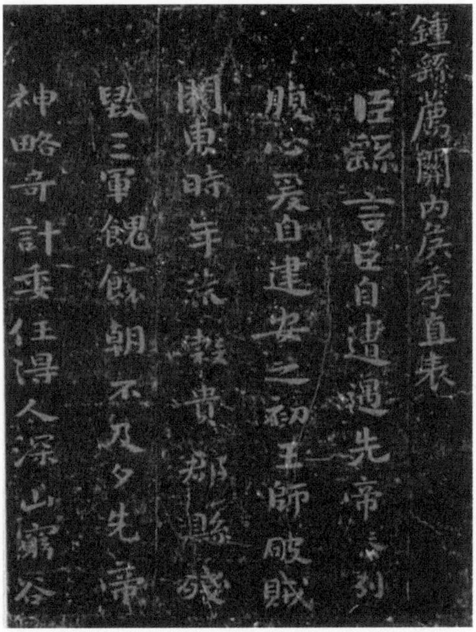

15. 魏．鍾繇，《薦季直表》（局部），二二一年。原墨跡已不存，今僅明清刻本數種行世。

的無法扭轉的命運。但是她不鄉愿、不工媚、不妥協，要求純粹和完整。紅學家李希凡稱讚她「鋒利的言詞，脫俗的情趣，奇逸的文思」，是她「進行鬥爭的武器」，提示的正是一位高標菁英的孤倔和堅持。

十八世紀的異類林黛玉和體制對抗，不像現代女子具備了天時地利人和，但是雖然時空不與，並不缺乏意志。周圍人多認命時，只有她知命而抗命。知命顯出她的老成，一位深深能體會生命眞相的荒老的心靈藏在少女的稚體裡。抗命使她不屈從於體制成規，就是不見希望也要叛逆到底。

中國社會一向歡迎通俗圓達的人，「空靈娟逸」的曹雪芹想必對此深有感觸，潦倒時寫林黛玉，揭發傳統中國社會的排斥個性，消滅異端的眾性作風，替被摧殘的個體吶喊不平，曹雪芹親愛精誠塑造林黛玉，究竟使她成為文學史上一位燦爛人物。

算算大觀園女孩兒們，「李紈為首，餘者迎春、探春、惜春、寶釵、黛玉、湘雲、李紋、李綺、寶琴、邢岫煙，再添上鳳姐兒」，一共是十二個。「敘起年庚，除李紈年紀最長，他十二個人，皆不過十五六七歲。」寶玉藉薛寶琴的到來讚美諸人，「老天，老天，你有多少精華靈秀，生出這些人上之人來！」（四十九回）

在十八世紀的時空高壓下，和傳統男性體制的箝制下，這些人物身不由己，命運悲涼；小說家溫厚之筆藏而不露，筆過處血跡斑斑或隱或現，都是控訴。然而他不把她們套進流行小說的刻板模子，給予每人個性和品德，寫她們本質的優秀和個體的奮進，寫她們不輕薄，反脂粉，有教養，有品味，有見解，有能力。展現她們切磋學問，摸索人生，自愛自敬，求知上進。讓她們在極有限中，作無限的充實，求取抖擻的生活。這些寶玉和作者心目中的人上之人，畢竟成為人中的精華，文學上不消失的光輝。

第六篇　平兒理妝

小說家多麼疼愛他的女孩兒，使用了花草的精華，爲她調製了最淨最美的天然彩妝。而寶玉又是多麼地細心體貼，在他的照料下，身心俱傷的平兒總算是得到了一些慰藉。一件生活上的小事滉漾出不止的漣漪，一種心情牽引出另一種心情，一節感受醞生出再一節感受，層層入裡，綿延不絕。脂批「寫形不難，寫心難也」，從第一層漸入許多層，正是從「寫形」到「寫心」的維難過程。

十一冊三頁，「變生不測鳳姐潑醋　喜出望外平兒理妝」，敷衍《紅樓夢》第四十四、四十五回故事。

紅樓眾姊妹中，平兒不是主要人物，不得人注意。前八十回出場次數雖多，大多跟在王熙鳳後邊，處在附隸地位，十分收斂。

同時身爲賈府奴婢、王熙鳳心腹、賈璉侍妾，平兒的身分複雜又曖昧，具備了周汝昌先生說的多重矛盾，做人之難只有寶玉見得。她心眼很細，計算很精，直率時，不像晴雯那樣驕縱，忠誠時不像襲人那樣迂重，謹慎時不像寶釵那樣世故，精明時又不像熙鳳那樣不得人心。寶玉讚美她「周全妥貼」，稱她是「極聰明極清俊的上等女孩兒」（四十四回）。王希廉（一八〇五～一八七六）在道光壬辰版一八九二年的《紅樓夢論贊》中，也說她「有色有才而又有德者也」。

身爲賈璉的侍妾，竟能成爲善妒的王熙鳳的親信，可見平兒的能耐。五十五回，探春持家，平兒和王熙鳳在內房私談家事，熙鳳要她一起吃飯，「平兒曲膝於炕沿之上，半身猶立於炕下」，禮數在無意之間尊守得如此謹慎，想必王熙鳳看在眼裡，知在心裡。六十一回，彩雲受趙姨娘央求，從王夫人房內取出玫瑰露送給賈環，柳五兒和芳官兩人也動了不可動的玫瑰露和茯苓霜，因此而鬧出事情來，「吵得合府皆知」，好幾個丫頭都要受到嚴厲的處罰了，是靠平兒斡旋上下，一邊得到寶玉幫忙先擔下責任，一邊勸服主張嚴罰的熙鳳「得放手時須放手」，才把大事化做了無事，這同時又獲得了不少人心，充分展現了她機靈又圓潤的人際技巧。

平兒的特質另在計救巧姊一節上也表現得很出色，這是在一〇八回；賈芸想起鳳姊在世時待他不

好，於是趁賈政南下，賈璉不在家，寶玉、賈蘭出門赴考，家中無人的時際，和賈環等合計，準備把熙鳳女兒巧姊賣給外番爲妾。忠誠機警的平兒查出騙局，迅速做出決定，和劉姥姥聯手，在緊急關頭及時把巧姊偷偷營救出府，送去鄉下，避免了賈府骨肉相殘的局面，「眾人明知此事不好，又都感念平兒的好處，所以通同一氣，放走了巧姐。」平兒到底是報答了鳳姊生前對她的好處，也了了小說家對她的一片心意。

高鶚這麼喜歡平兒，忍不住在故事結束時「扶正」了她。在善待平兒上，二位小說家筆下是一致的。

這樣一位可人兒，每每她上場，就像她的名字一樣，總讓人感到和平，因知凡事都會因她出現而紓解。而平兒在敘述中最讓人歡喜的，莫過於寫在四十四回的「平兒理妝」了。

這是王熙鳳的生日，大家鬧酒，鳳姊覺得自己飲得有點沉，乘別人不注意的時間溜出了酒席，往自己家走，想去休息一會兒。平兒留心，忙跟了前來，不料碰上賈璉在家裡和鮑二家的胡纏，兩個混人躺在床上正說在鳳姊如何壞，平兒如何好的話頭上。熙鳳一氣回身打平兒，踢門衝入房裡，幾人拉扯之間平兒又遭到賈璉的狠打。

寶玉趕來，把無端受盡委屈的平兒讓到自己的怡紅院，好言安慰她止了哭，替賈璉一幫人賠不是，又張羅她換衣淨臉，在皺了的衣上噴燒酒，爲她布置梳妝。

然後我們讀到中文小說中少見的一段細膩的書寫——

寶玉取出兩色化妝品。

一色是一排十枝的玉簪花棒：「這是紫茉莉花種，研碎了兌上香料製的。」寶玉解釋。

平兒看著它輕白紅香，攤一點在面上試試，很容易勻淨開，而且覺得十分滑潤，不像別種的那麼澀滯。

另一色是盛在小白玉盒子裡的玫瑰胭脂：「這是上好的胭脂擰出汁子來，淘澄淨了渣滓，配了花露蒸疊成的。」曹雪芹眞懂得化妝品。

細心陪在平兒身邊，寶玉教她怎麼用細簪子挑一點胭脂，抹在手心裡，用一點水化勻開了，抹在唇上，留著手心裡餘下的打在頰腮。

平兒依話，把淚水抹去了的妝一步步補上，只覺得甜香滿頰，鮮艷異常。寶玉再將盆內的一枝並蒂秋蕙剪下，仔細替平兒簪在髮鬢。

小說家多麼疼愛他的女孩兒，使用了花草的精華，爲她調製了最淨最美的天然彩妝。而寶玉又是多麼地細膩體貼，在他的照料下，身心俱傷的平兒總算是得到了一些安慰。

如果我們可以暫稱以上段落爲敘述的第一層，再來細看接下來的描述：

換衣補妝的時間，平兒想著，常聽說寶玉對女孩子特別細心，今天見他各處周到，果然不虛傳。寶玉這邊則想著，因爲侍妾和傳婢的身分，平兒總不肯和他接近，不能爲平兒用心也是件恨事，今天總算遇到了機會，稍盡了力，也算彌補了一些遺憾。

平兒離開後，寶玉心中怡然，感到了甜蜜的快樂。

以上敘述或可稱爲第二層。

接下寶玉又想，平兒孤獨一人供應淫霸的賈璉夫婦，今天又遭荼毒，不覺為她難過，心中悲憐，流下了淚。見房中沒人，索性哭得傷心起來。

這是第三層。

自己哭了一會後，看見平兒衣上的噴酒已經乾，就起身拿熨斗，熨平衣服，疊好，又把她沾著淚漬的手絹洗乾淨了，而且晾起來。然後他整頓自己的身心，提起步子，再加入眾人的喧譁嘈雜。

這是第四層。

大多數小說家寫完第一層，重現表面的聲光動作以後就會停筆，張愛玲可以繼續寫下去，寫進第二或三層，沈從文、契訶夫、福樓拜等可入五、六、七等層。曹雪芹的筆氣特長，不慌不忙，慢陳細訴，抽繭一樣進入了好幾層。

一件生活上的小事滉漾出不止的漣漪，一種心情牽引出另一種心情，一節感受醞生出再一節感受，層層入裡，綿延不絕。這裡脂批「寫形不難，寫心維難也」，從第一層漸入許多層，正是從「寫形」到「寫心」的維難過程。

「平兒理妝」為我們展現了雍容，溫婉，細緻，迴漾的一脈文字景況，出示了《紅樓》前八十回的典型敘述風格。後四十回情感比較露，筆比較放，交代性段落比較多，文字速度比較快，形容警顯，甚至有時粗略誇張，情節戲劇化——例如營救巧姊的一節，有時還神魂顛倒、搬神弄鬼。為了結束長篇，高鶚也許不得不這麼作。然而在平兒一角上，二位小說家都用上了心意，合力完成了一位難得的可愛人物。

第七篇　難爲王熙鳳

誰能這樣隨叫隨到，隨問隨答，就是病著累著也無時無處不在提備著？一個人要做一百個人的事，怎能不「兩面三刀」？賈府裡裡外外攏攏總總，都要求熙鳳「胳膊折在袖內」地忍聲吞氣地一肩全挑。這樣沉重的壓力其實是剝削。若說賈府其他人士的舒閑日子都擔壓在王熙鳳的背脊上，也不爲過。

十四冊八頁，「賈府賈母八旬大慶」，敷衍《紅樓夢》第七十回故事。

紅學家們對王熙鳳多不留情。「脂批」說王熙鳳是「萬世奸雄」。何其芳說，「要說金陵十二釵裡有奸險的人物嗎？這倒是一個。」寧國府總管來升對同事們介紹，「那是個有名的烈貨，臉酸心硬，一時惱了，不認人的。」（十四回）賈璉的心腹小廝興兒和尤二姊閒話，嘮叨平兒和王熙鳳的關係，狠狠數落了王熙鳳一陣，譏諷她「嘴甜心苦，兩面三刀，上頭一臉笑，腳下使絆子，明是一盆火，暗是一把刀。」（六十五回）這些文內的句子也常被人用來論定王熙鳳的個性，鎖鏈一樣拴扣在她的頸脖上。

一位小說家捨得把他／她的主要人物寫得這樣壞嗎？在曹雪芹筆下，王熙鳳究竟是怎樣一種人呢？我們不如暫擱專家們的指點，再認識一次王熙鳳吧。

早在第二回，借賈雨村的口，作者曾評說王熙鳳，「說模樣又極標致，言談又爽利，心機又極深細，竟是個男人萬不及一的。」我們不妨就以此爲基調，來尋找有關的變調。

還沒在賈母的席宴上幌作丑角、逗出賈母歡心之前（四十、四十一回），劉姥姥第一次拜訪賈府時，是由王熙鳳負責接待的，熙鳳並沒有擺下權勢的嘴臉而怠慢輕鬆。相反的，她以禮相對，厚禮相送（六回）。邢岫煙吃人眼色，被別人看不起，熙鳳卻「又憐他家貧命苦」，「比別的姐妹多疼他些」（四十九回）。襲人回家探母，熙鳳把極好的衣服送給襲人帶回家去（五十一回）。黛玉貧病，月錢不好開例先支，熙鳳自己拿錢資助她，「我送他幾兩銀子使罷，也不用告訴林姑娘。」（八十三回）這些應該都是正面用筆。

賈家統治階層固然寵信王熙鳳，給了她總管的大權，其實加之於她的壓力比誰都沉重。別人可以讀書寫字、吟詩賞曲、茗茶聊天等過瀟灑日子，二十歲不到的王熙鳳卻上至每年四、五萬銀兩的派用，二府七百人的調動，下至做小荷葉湯的模子放在哪兒（三十五回）都要親自照理。小說家寫王熙鳳天沒亮就得上班，大小場面都得應付。沒有熙鳳的調配，賈府上下是都啓動不了的。賈元妃生病，宮內准許四位女性親人入內探候，賈母數出自己和邢、王二夫人，想到第四人，「**必得是鳳姐兒，他諸事有照應。**」（八十三回）可見依賴之重。

各項職責中，須親自照顧賈母和王夫人是最麻煩的。傳統中國家庭制度裡，人人皆知，位置最難莫過於媳婦了。王熙鳳是媳婦和孫媳婦，雙重警險。她時時須在賈母和王夫人跟前「**討喜**」，處處都得「**依人眼色行事**」（十三回）。平日席宴，大家都坐穩了，熙鳳還得「**執壺斟了一巡**」（八十四回），才能歸座。大家吃螃蟹，只有王熙鳳立在賈母跟前剝蟹肉，想必她剝得最合賈母心意（五十四回）；元宵夜宴，賈母玩倦了，要吃消夜，隨侍身邊的熙鳳報上「**有預備的鴨子粥**」。賈母嫌油膩，熙鳳「**又忙道：也有棗兒熬的粳米粥。**」賈母還是不喜歡，又忙道，「**還有杏仁茶**」（五十四回），賈母才勉強合上口味。消夜雖不由她煮，名目記得如此清楚，準備得這樣周全，難怪在王夫人笑說賈母把王熙鳳慣得「**越發無禮了**」時，賈母答「**我喜歡她這樣，況且她又不是那不知高低的孩子。**」（三十八回）

熙鳳的日常作業是怎樣地繁瑣緊張，就是自己的生日宴會，她也得自負籌辦責任，席宴中，老小上下裡外都照應好了，還須賈母下令免禮，才能上來喝杯酒。王夫人拿到春宮圖繡囊，把王熙鳳叫來責備，這件事和熙鳳毫無關係，卻也必得跪著聽訓——「登時紫漲了面皮，便依炕沿雙膝跪下。」卅六回，王夫人問熙鳳，爲何外邊抱怨月例短了一吊錢？熙鳳立刻把一吊錢的來龍去脈報告得一清二楚。另有一回邢夫人在眾人面前給王熙鳳難堪，熙鳳哭著回來，賈母卻正傳人叫她去。這是賈母壽辰，哪有造次的餘地，熙鳳必須「忙擦乾淚，裝出好臉色」。這時賈母問她，「前兒這些人家送禮來的共有幾家有圍屏？」熙鳳立刻回答，「共有十六家有圍屏，十二架大的，四架小的炕屏，內中只有江南甄家一架大屏十二扇，大紅緞子緙絲『滿床笏』，一面是泥金『百壽圖』的，是頭等的。還有粵海將軍鄔家一架玻璃的還罷了。」（七十一回）誰能這樣隨叫隨到，隨問隨答，就是病著累著也無時無處不在提備著？光是這幾番彙報景觀，就該讓批評她的人臉紅的。賈母的貼身侍婢，聰明的鴛鴦把王熙鳳的種種難處看在眼中，說，「她也可憐見兒的，雖然這幾年沒有在老太太、太太跟前有個錯縫兒，暗裡也不知得罪了多少人。總而言之，爲人是難作的，若太老實了沒有個機變，公婆又嫌太老實了，家裡人也不怕，若有些機變，未免又治一經損一經。」（七十一回）賈府裡裡外外攏攏總總，都要求熙鳳「胳膊折在袖內」（七十四回）地忍聲吞氣地一肩全挑。這樣沉重的壓力其實是剝削。若說賈府其他人士的舒閑日子都擔壓在王熙鳳的背脊上，也不爲過。

一個人要做一百個人的事，怎能不「兩面三刀」？園中女子只有探春和王熙鳳具有這等實務能力，關頭上扛得起來。黛玉類只會嘴上厲害，像熙鳳說的，是個「美人燈兒，風吹吹就壞了」（五十五回）。寶釵等則是「一問搖頭三不知」，開溜了事，一旦不得不管事了，又講起孔孟大道理來。王夫人應該比王熙鳳有「德性」吧，然而她使金釧和晴雯送了性命，繡春囊事件又處理得混亂荒唐無比。賈環計謀出賣熙鳳女兒巧姊為妾時，若不是平兒眼明手快聯合劉姥姥搭救，而是由王夫人管事，恐怕巧姊早就給賣到不知何方了。八十回後王熙鳳病倒，作者寫賈府人事大亂，間接提醒了讀者王熙鳳的無法取代的能耐。

評家常用「毒設相思局」（十二回）「弄權鐵檻寺」（十五回）和借秋桐計除尤二姊（六十九回）三節來判定王熙鳳「歹毒」，我們不妨就來看看這三件事裡，王熙鳳到底做了什麼事，充擔了怎樣的角色。

毒設相思局，寫的是一名精明的美人如何對付性騷擾的經過。這件事頗單純，之成為醜劇，只能怪始作俑者賈瑞太愚蠢，自己弄到不堪的地步，連性命都丟失了。

鐵檻寺事件，因張府女兒金哥原已受前長安守備公子的聘定，後又被長安府太爺的小舅子看上後執意奪取，而守備家又拒絕退婚而起。張家兩處為難，求靜虛尼姑幫忙，於是靜虛求王熙鳳動用賈府勢利關說而起。王熙鳳要求三千兩銀子為酬。不料事還未成，張家女兒和守備公子就先後自盡了，於是「鳳姐卻坐享了三千兩」。

這件悲劇要怪罪的是當事三方家族，不是王熙鳳，後者只是「坐享」銀錢，白撈到一筆好處而已，用王熙鳳自己的話來解釋，「這是他們自尋的，送什麼來我就收什麼，橫豎我有主意。」（卅六回）作中介、關說而收取佣金，難道不是現在極普通又合法的經營嗎？這件事如果和另一件廣被批評的熙鳳遲發月錢，外放取息生利置在一起看，二件和今日金融、法商、政治等界的運作有什麼不同呢？何況王熙鳳收取高利後並不貪污公款，照數發放月費，「每月連日子都不錯給他們」（卅六回），還比以上各種人士都更具有職業倫理呢。被詬病的各種經營手腕，實證了的，無非是她走在時代之前的企管才分。何況，要是王熙鳳不想盡法子周轉靈活，不用說賈府其他人士難過瀟灑生活，進少出多的經濟出現窘急情況恐怕要更早呢。

至於尤二姊吞金自殺一事，禍首不是王熙鳳，是賈璉，還要上推賈赦、賈母等。對賈璉不堪入目的婚外關係，賈母一向縱容，竟說「什麼要緊事，小孩子們年輕，饞嘴貓似的，哪裡保得住不這麼著，從小兒世人都打這麼過的。」（四十四回）表面聽來很得體的話，「說得眾人都笑了。」其實裡邊隱藏著一部中國女性壓迫史。作父親的賈赦見兒子娶妾，還誇他「中用」，賞了一百金，另送一個陪房丫頭。從賈母到賈赦，體制一路作踐王熙鳳的情感和人身。熙鳳「吞氣忍聲，將好顏面換出來遮掩」，內傷卻是何等的慘烈深重。

《紅樓夢》的時代，王熙鳳的憤怒不能發在眞正的禍首身上，卻燒去了一個跟她一樣不幸的女子。尤二姊事件的確顯示了王熙鳳的「歹毒」，但從另一種角度看，造就了這歹毒的是以男性福利爲主的傳統文化，它陳述的，與其說是王熙鳳的本性，不如說是女性整體的困境。《紅樓》中還有鮑二家媳婦因與賈璉偷情而被迫自殺，尤三姊被柳湘蓮拒婚而自刎等，莫非都是女性的悲劇。十七回黛玉跟寶玉生氣，把要給寶玉的香囊剪了，「脂硯」批「怒之極，正是情之極」，這句至性至情的評語是否也能用在熙鳳的「歹毒」上呢？尤二姊事件透露了的，確是王熙鳳的「歹毒」，還是她絕地反攻的復仇意志？

古希臘神話中有米蒂亞（Medea）的故事——太陽神的孫女，科爾克斯公主米蒂亞協助英雄傑森盜取金羊毛，殺了自己哥哥，成爲傑森的妻子。後來傑森移情別戀，米蒂亞作毒衣毒冠，用它們先設計燒死了情敵，再親手殺戮了兩名稚子爲報仇。

米蒂亞的暴力復仇不是高尚的行爲，卻是人性的活動。西方讀者多理解、同情米蒂亞，她的悲劇促發了文學、美術、戲劇等創作上的想像力，開啓了很多文學、哲學、心理學、社會學、性別學研究。《紅樓》王熙鳳的氣質是否達到了類似希臘神話米蒂亞的高度而具有類等的啓蒙作用也許還需商榷，但是王熙鳳也深具複雜性，也有待延伸，無須被「奸婦」一詞壓制成一個壞女人，拘禁在成見中。

第八篇　畫薔和放雀

在盛夏的一個晌午，小說家讓人物踏上旅程，多次轉變場景，數度折疊觀點，迂迴地從現實走向傳奇，渡引出內外的耽湎纏綿，讓人讀得迴腸蕩氣，悵然若失，無著無落。

九冊六頁，「椿齡畫薔癡及局外　心思踢人錯踢襲人　撕扇子作千金一笑」，敷衍《紅樓夢》第卅、卅一回故事。

除了寶玉、黛玉之外，《紅樓》還有一段折磨人的愛情，發生在齡官和賈薔之間，鋪陳在兩節故事裡——「畫薔」和「放雀」。兩節的目擊者都是賈寶玉，敘述都是從寶玉的眼光來進行。

第三十回，「畫薔」——

因和黛玉、寶釵對上了幾句話，寶玉心中有些不愜意，一人悶悶從賈母房出來——

這是盛夏，安靜的午前時刻，「早飯已過」，「日長神倦」，各處「鴉雀無聞」——

寶玉往西走過了穿堂，抵達王熙鳳的院落。明白鳳姊暑天要歇晌一個時辰，便不進去打擾，逕自從角門來到王夫人的上房，房裡丫頭們都在打瞌睡，王夫人在內間的涼榻上睡著，金釧坐在旁邊捶腿，恍著眼睛也要睡去的樣子。

都在睡或半睡狀態，活動都停止了，人間歇息，一切看來慵懶又安詳，其實危機伺伏，下一個時辰在寶玉和金釧調笑過後，王夫人立將醒來，打金釧一個耳光，導致日後金釧投井自殺，不過那是另一個故事了。這裡現在寶玉走到睡意朦朧的金釧的身邊，壓低聲音和她調笑了幾句，離開即將成為禍端的現場，繼續往前走，周身環境隨前進的腳步而逐漸後退，淡化；他向大觀園走去，一幅新的景況就要在他眼前展開。

寶玉入園，逐漸走近薔薇花架。

這花架在哪兒？十七回大觀園建成，描述園中景物時，依稀為我們留下了線索——那是從稻香村走過山坡，穿過幾重花樹和垂柳，來到石泉的旁邊，婷婷樹立著的，就是那美麗的薔薇花架了。當寶玉抵達時，「**正是花葉茂盛之時**」。

薔薇，原產亞洲，多年生灌木，枝葉具有攀緣、蔓延性質，生命力特強，能適應沒有陽光的所在和貧瘠的土壤，無論怎樣的外在環境都不會減弱她姿態的婀娜和花色的美與多。薔薇花季特別長，能從春分開到暮秋，其中荼蘼一種初雪時仍能綻放。荼蘼開完後，就再沒有別的花開了。荼蘼了結花季和春事，紅樓敘述在六十三回裡有極細膩的一段隱喻。這是寶玉生日的時際，怡紅院裡諸女孩兒們夜宴，眾芳擲骰掣花籤，麝月抽到的是荼蘼花，上題「**韶華勝極**」四字，一邊寫著宋代王淇的詩句「**開到荼蘼花事了**」。麝月不懂意思，寶玉見了卻霎時悲傷起來，「**愁眉忙將籤藏了**」。以後庭院凋零，花事不再，青春消逝，陪伴在寶玉身邊的正是麝月。

薔薇的意思如此豐饒迷人，我們就應了她的招喚，來到她的庇護下罷；薔薇花架下，藤隙這邊的寶玉看見一個女孩子蹲在那兒，手裡拿著一根頭簪在地上畫著。寶玉留神細看，但見她眉目眼顰之間和黛玉十分神近。也許是因爲這一個緣因，寶玉不再往前走，打住了腳步。

女孩子流著淚，反覆在土上畫著一個形狀，寶玉也在自己手心裡隨簪的移動而畫著，揣摩出了一個「薔」字。女孩子不止地畫，依舊還是個「薔」字；這時「**裡面的原是早已痴了，畫完一個又畫一個，已經畫了有幾十個『薔』。**」而寶玉站在花架這一邊，「**外面的不覺也看痴了**」。見她單薄的樣子，寶玉深深感受到女孩子的煎熬，「**可恨我不能替你分些過來。**」

這時候忽然吹起一陣涼風，唰唰落下了雨，伏中陰晴不定，驟雨打斷了花架內外的痴迷。雨淋在身上把寶玉淋回了神，禁不住喊出聲來，要對方不要再寫了，留意「**身上都濕了**」。被寶玉的呼喊從痴迷中喚醒，女孩子抬起頭，以爲花葉後的寶玉也是個女孩子，就笑著答道：

多謝姐姐提醒了我！難道姐姐在外頭有什麼遮雨的？

一句話，提醒了雨淋，提醒的更是寶玉身在的情況；也在承受著情愛的風吹雨打、忽涼忽熱的寶玉，自己身上又有什麼可以用來遮擋的呢？寶玉「**『噯喲』了一聲，才覺得渾身冰涼。低頭一看，自己身上也都濕了。**」

在盛夏的一個晌午，小說家讓人物踏上旅程，多次轉變場景，數度折疊觀點，迂迴地從現實走向傳奇，渡引出薔薇花架內外的耽湎纏綿，讓人讀得迴腸蕩氣，悵然若失，無著無落。

「放雀」，卅六回——

又是恍然的一天，無所事事的寶玉想起《牡丹亭》，記起人說梨香院的小旦齡官最拿手，就信步出角門，來到了梨香院。

齡官是院中女孩子們曲唱得最好的。元妃歸省的那年元宵節（十八回），元妃曾特令她多唱幾首，那夜她不願唱元妃點的曲目，卻倔強地換上了自己覺得擅長的。

今日齡官身體不適，日前咳了兩口血，這時正一個人在屋裡倒在枕上歇息，見寶玉進屋來，並沒翻身迎接。寶玉平日一向跟女孩子們隨意慣了，只當齡官也是一樣，就直坐在她的身旁，央求她唱一套

〈裊晴絲〉——《遊園驚夢》的開段。

齡官趕忙抬身躲避，正色拒絕了。寶玉這時才看出來，原來她就是薔薇架下的女孩子。寶玉從來沒被人這樣拒絕過，又想起那天的景況，訕訕地紅了臉，走出了屋子。外頭的寶官卻告訴他，只要稍等一等，薔二爺回來了叫齡官唱，齡官是一定會唱的。

寶玉聽了，心下納悶。站等了一會，果然看見賈薔從外頭回來，手裡提著一個鳥籠，裡頭關著一隻雀，還紮著一個小戲台。賈薔見到了哥哥只得站住腳，一邊應答一邊讓寶玉坐下，自己卻去了齡官的房裡。

從坐在屋外的距離，窗框規劃出活動的舞台、視覺的焦點，如詩的另一幕又在寶玉眼前徐徐展開——

> 只見賈薔進去笑道：「你起來，瞧這個玩意兒。」齡官起身問：「是什麼？」賈薔道：「買了個雀兒你玩，省得天天悶悶的沒個開心。我先玩個你看。」說著，便拿些穀子哄得那個雀兒在戲台上亂串，銜鬼臉旗幟。眾女孩子都笑道「有趣！」

且讓我們接述以下的情節：

——只有齡官冷笑了兩聲，偏身向牆仍舊睡去了。

——賈薔只管陪笑，問她好不好。齡官回答，何必問什麼好不好的？把個好好的人弄了來，關在牢坑裡學什麼戲的還不算，這會又弄了一隻籠中雀來笑話人。

——賈薔聽了慌起來，連忙賭身立誓，說自己絕對沒有這樣的意思，花錢買了雀來不過是想讓牠來解悶罷了，既然不喜歡，現在就放了生，免免災病也是好的。這麼說著，果然他將雀兒放了，籠子也拆了。

——看見雀兒從窗口飛走，齡官說，雀雖不如人，倒也有老雀在窩裡等著牠，偏用來取笑別人沒人管沒人理，又偏病了的樣子。邊說邊又哭了起來。

——賈薔連忙解釋，前一天晚上已經問了大夫了，說是不要緊的，吃兩劑藥後再給他瞧瞧。可是如果現在又覺得不好，就馬上再去請大夫，說著便要走。

——齡官又叫他站住，說這會子大毒太陽的，去請了來也不瞧。

——賈薔只得又站住了。

這麼地廝扯，折磨，這麼地沒事找事，自虐虐人，荒唐糾纏，窗外的寶玉看著，就像那日在花架的藤隙後看著，不覺又痴了。

踽踽走回怡紅院，寶玉對正在說話的黛玉和襲人說，「昨夜說你們的眼淚單葬我，這就錯了。我竟不能全得了。從此後只是各人各得眼淚罷了。」想到「不知將來葬我灑淚者為誰？」寶玉嗒然悲傷，沉默了起來。

「畫薔」和「放雀」相隔六回，前後呼應，完成了一段綣繾的愛戀，成全了寶玉生命中的另一次豁悟。從此以後，寶玉明白人生情緣各有分定，瞭識了一切皆空的道理。

第九篇 荒原上的篝火——妙玉情迷

這時一股寒香拂鼻，寶玉回頭看，發現自己恰是來到了妙玉櫳翠庵的門前，庵內有十數株胭脂紅的梅花樹，映著白雪，正綻放得精神。從主枝縱橫出五、六尺長的分枝，孤峭如蟠螭如僵蚓如削筆，掙脫冰雪的封鎖、綻放出胭脂色的花朵，這紅梅印象竟是和青玉瓷一樣的絕艷、純緻。

二十冊一頁，「櫳翠庵妙玉扶乩玉」，敷衍《紅樓夢》第九十五回故事。

曹雪芹眞會寫揪心蝕魂、虛無絕望的愛情，《紅樓》除了寶玉和黛玉、齡官和賈薔以外，還有妙玉的一段也叫人讀得，用寶玉的話來說，「心都碎了。」

這一段情感在文字中進行得隱約又迷人，《紅樓》讀者們忍不住都要尋尋覓覓，揣測似眞還假，撲朔迷離的情節，這裡自然也不例外。

妙玉在文字中出現至少有五、十七、四十一、五十、六十三、七十八、八十六、九十五、一一二回，多在別人口裡暗出，眞正現身只有四十一、八十六、九十五回。是在四十一、六十三、八十六回中，小說家明修棧道，暗渡陳倉，精心布置草灰蛇線，伏延出了一段不可說的綿綿愛戀。

妙玉在十二釵中排行第六，〈世難容〉對她的判詞是：「**氣質美如蘭，才華阜比仙。天生成孤癖人皆罕**」（五回）；警幻帶寶玉遊太虛幻境時，告訴他四名仙姑的名字，其中有一位「度恨仙姑」，據專家們說，就是妙玉了。而她的身世來歷，則在十七回有一總述——

大觀園建成，賈府爲了裝點園落，買下十二個女孩子放在梨香院學戲，又「採訪聘買」了十個小尼姑、小道姑。負責後一事的管家林之孝向王夫人報告，有一位出身蘇州書香仕宦人家的十八歲女孩子，因從小多病而自入空門，今帶髮修行，小尼模樣很好，也頗有學養，但不願爲侯門服務。王夫人聽了，就讓林之孝找人寫請帖，將她聘進了園裡。這位美麗、聰穎又奇傲的女子就是妙玉了。

妙玉受請而至，和賈府沒有親屬或人身買賣關係，在紅樓中有與眾不同的獨立身分。和妙玉亦友亦弟子的邢岫煙說她，「僧不僧，俗不俗，男不男，女不女」、「放誕詭僻」（六十三回），從仍留著美麗的長髮，講究精緻文化，是個戀物狂的茶具收藏家來看，她離出世入道的確還很有一段距離。在男女不分方面，因爲學養、教養皆有，知性、理性均具，想必又是另一個跨越性別界律的另類知性人物了。妙玉的容貌、才情，尤其是叛逆個性，都不下於黛玉，可以說是書中除了甄／賈寶玉外，跟黛玉是又一個一人二身。

讓妙玉於眾尼中脫穎而出，小說家自有深謀，在兩個緊要的關頭，他都讓妙玉充任醒者或警者，給予棒喝的功能，遏止悲劇的耽溺或蔓延，這二處一在極精采的七十六回——「凸碧堂品笛感淒清，凹晶館聯詩悲寂寞」，一在八十七回——「感深秋撫琴悲往事，坐禪寂走火入邪魔」。

七十六回，中秋節，賈府聚宴，夜深人散後黛玉、湘雲來到凹晶館的池塘邊聯詩，句子越聯越悲，續出了「寒塘渡鶴影，冷月葬花魂」的淒蒼句子，湘雲認爲已至「頹喪、淒清、奇譎」，這時突然從欄外山石後轉出一個人，是妙玉。妙玉截斷她們，說，「太悲涼了。不必再往下聯」，並要她們離開冷月寒塘，去她的櫳翠庵：

你們也不怕冷了？快同我來，到我那裡去吃杯茶，只怕就天亮了。

石破天驚的幾句話，由妙玉說出；在靈悟上她是更勝於寶玉和黛玉的。

櫳翠庵中妙玉備熱茶，告訴黛玉、湘雲二人「警句已出，再若續時，恐後力不加」，「到底還該歸

到本來面目上去」，把二十二韻一口氣聯成三十五韻二十六句，挽救黛玉一味向悲劇走去的頹廢傾向，用佛家的禪悟或者她自己更喜歡的莊子，溫暖了寒涼的調子，提升了溫度。

類似的情況再現在八十七回，賈政不在，寶玉不必去學校，閑步走到蓼風軒，正逢惜春和妙玉下棋——寶玉和妙玉的微妙互動後邊再談——棋局結束後，寶玉和妙玉一同離開，走近瀟湘館時，聽見黛玉在裡邊彈琴，二人在山石上坐下靜聽。琴音越聽越悲，在一個可裂金石的徵音上，妙玉呀然失色，說「**太過**」，寶玉問太過便怎麼？妙玉回答：「**恐不能持久。**」正說時，果然聽見弦斷的聲音。

> **妙玉站起來，連忙就走。寶玉道：「怎麼樣？」妙玉道：「日後自知，你也不必多說。」逕自走了。**

弦斷而「日後自知」，是否警示黛玉的玉碎性格和自決終局？這兩處都顯示了妙玉認知的不凡，和其他人比，她有危機意識，明白懸崖勒馬的必要，在冷觀和解析方面，是其他紅樓女子都不及的。可是隔岸觀火，勸解旁人總是比較容易的，人遇到自己，往往卻另有景象；如果妙玉的確是「度恨仙姑」，她得度的「恨」，是自己的還是別人的呢？如果是度自己，這「恨」又是什麼呢？

我們把精神集中到四十一、五十、六十三這三回，妙玉和寶玉的互動上。

四十一回，妙玉和寶玉第一次接觸，烘托在精緻的茶文化中。

這時賈母領劉姥姥前來櫳翠庵飲茶，妙玉殷勤招待，前後拿出好幾種杯子：

眾人都是「**一色官窯脱胎填白蓋碗**」。

賈母是「一個成窑五彩泥金小蓋鍾」。

寶釵的「一個旁邊有一耳，杯上鐫著『𤫩瓟斝』三個隸字，後有一行小眞字是『晉王愷珍玩』，又有『宋元豐五年四月眉山蘇軾見于秘府』一行小字」。

黛玉的「那一只形似缽而小，也有三個垂珠篆字，鐫著『點犀䀉』」。

於寶玉，則是「仍將前番自己常日吃茶的那只綠玉斗來斟與」。

妙玉的收藏品味十分古雅，以上各杯都華貴奧妙得很，但是都不重要，重要的是那只簡單的綠玉斗。綠玉斗杯，是青瓷的哪一種？釉色像雨後雲開處那一片青空的汝窯？還是釉色蔥翠、渾潤如綠玉的龍泉青瓷窯？或是龍泉裡的粉青釉、豆青釉、梅子青釉？只是無論哪一種，用來搭配她自己就是精緻青瓷的妙玉，都是不能再恰當的了。

僅因爲被劉姥姥用過就嫌髒，要把珍貴的成窑扔棄的人，現在竟把自己使用的一只杯拿出來，給了一個男人用上，這不只污了杯子，更逾越了社會條規；有潔癖的妙玉做出這等奇怪事，到底是爲了什麼呢？

當寶玉的唇觸上了杯沿——正是平日自己的唇觸著的地方——一細口一細口地飲，舌輕輕地抵，唇輕輕地抿，柔軟的脣膚潮濕著水時，這時間，妙玉在看著什麼，想著什麼？感覺著什麼呢？

小說家在第五回借警幻仙子討論愛欲，曾給「意淫」二字十分確切的定義——「惟心會而不可口傳，可神通而不可語達。」如果此一定義指向的是一種身體的快感，一種感官、感覺的消受，一種天然自成的痴情，神魂顚倒心會神迷，或者脂硯所批的「心性體貼」，那麼茶會這裡正在發生的，是否就是某種不能再耽溺而又迷醉的意淫呢？難怪周汝昌先生要稱妙玉為「情尼」。這「情」一字，《紅樓》故事裡的預言家甄士隱警戒「是沾染不得的」，又說，「凡是情思纏綿的，那結果就不可問了。」（百二十回）後來我們發現，「情」是妙玉的稟賦，果然也是她的災難。

我們還是回來舉杯飲茗的時間；這時妙玉把黛玉、寶釵引進內室，寶玉跟了進來。她自然知道寶玉會跟著進來，或者正是有意把寶玉引進來的罷。四個人一起飲「體己茶」，妙玉說話卻多投向寶玉，不斷使用反語，說綠玉斗「只怕你家裡未必找得出這麼一個俗器來呢」；明明是自己拿出一個大杯給寶玉用，卻又要刺諷寶玉「就剩了這一個，你可吃得了這一海？」又追上去說，「一杯為品，二杯即是解渴的蠢物，三杯便是飲牛飲驢了。你吃這一海便成什麼？」還要說「你這遭吃的茶是托她兩個福，獨你來了我是不給你吃的。」這時寶玉回答，「我深知道的，我也不領你的情，只謝他二人便是了。」妙玉怎麼這麼多話？話又說得這麼彆扭，她到底要說什麼？寶玉「深知道」又是知道些什麼？話裡隱話，語多玄機，來往間，有什麼訊息在傳遞著？

說者和聽者都是聰明剔透的人，言詞挑引，心中有數，各自銷魂。不過是喝杯茶，一截閑坐，妙玉笑了兩次，寶玉笑了五次，喜了一次，一直要到妙玉因黛玉嘗不出好茶水而冷笑，和寶玉陪笑才告一段落。陪笑後，寶玉又笑了一回才結束場面。

前前後後笑眯眯，喜滋滋，是因為一開始的共杯的意思，早已在心中瞭然？還是因為詭譎的雙關話語畢竟成就了默契？

五十四回元宵夜宴時，賈母曾評點戲曲，舉出許多劇目，其中有明代傳奇劇作《玉簪記》中的一折

《琴挑》或稱爲《寄弄》。《琴挑》唱的是道姑陳妙常和落第書生潘必正兩人借琴而挑情的故事，其中有唱詞：「無情有情，只看你笑臉兒來相問。我也心裡聰明，臉兒假狠，口兒裡裝作硬。」唱的可不就是上邊品茶人之間發生著的景況麼？

不過寶玉是守禮的，並不造次，隨時能適可而止，抽身脫離，況且邊上還有眈眈的黛玉。然而妙玉這邊，這樣細膩、熾熱，這樣壓抑，這樣地無著無落，到後來她不發瘋才怪呢。這件事我們等到九十五回妙玉眞瘋時再說。

這是第一次的接觸，第二次在五十回。

五十回，海棠詩社社員歡聚在雪地裡烤肉聯詩，寶玉落伍，被李紈罰去櫳翠庵求紅梅。寶玉飲了杯酒就要走，李紈命人跟著去，黛玉連忙攔住說：「不必，有了人，反不得了。」黛玉說得如何微妙，必定是日前品茶的一幕實實地看在了眼裡，這會有心成全寶玉。反正身爲道姑的妙玉是不會造成眞正威脅的，且讓寶玉去樂一遭罷；黛玉心中是否這樣在想著？不久寶玉果然「笑嘻嘻的掮了一枝紅梅進來……寶玉笑道，你們如今賞罷，也不知費了我多少精神呢。」

費了怎樣的精神？四十一回飲體己茶那樣的嗎？還是又遠遠超過了四十一回？

應大家要求寶玉作〈訪妙玉乞紅梅〉詩，先吟兩句：「不求大士瓶中露，爲乞嫦娥檻外梅。意猶未盡」，又續四句：「入世冷挑紅雪去，離塵香割紫雲來。槎枒誰惜詩肩瘦，衣上猶沾佛院苔。」寶玉回來可眞是樂不可支呢。

乞回的梅花的姿容，小說家細細書寫：「原來這枝梅花只有二尺來高，旁有一橫枝縱橫而出，約有

五六尺長，其間小枝分歧，或如蟠螭，或如僵蚓，或孤削如筆，或密聚如林，花吐胭脂，香欺蘭蕙，各各稱賞。」

這梅花其實已經現身過的，就在前四十九回；一夜大雪後的清晨，寶玉記掛著今日的烤肉聯詩會，夜間沒怎麼睡，清早就起身出門了。迎著依舊落著如棉絮的輕雪，寶玉忙忙往聚會的場所蘆雪庵走去。這時一股寒香拂鼻，寶玉回頭看，發現自己恰是來到了妙玉櫳翠庵的門前，庵內有十數株胭脂紅的梅花樹，映著白雪，正綻放得精神。

從主枝縱橫出五、六尺長的分枝，孤峭如蟠螭如僵蚓如削筆，掙脫冰雪的封鎖、綻放出胭脂色的花朵，這紅梅印象竟是和青玉瓷一樣的絕豔、純緻。

然而妙玉並不現身，那不可說的心意只在庵牆的背後、庭院的一角悄悄醞釀，靜靜萌長，以無比剛烈的精神經受著折磨。

一年後，終於有了第三次對寶玉示意的機會——

這是六十三回，深夜，眾女兒們夜聚怡紅院爲寶玉慶生，大家寬衣飲博賦詩，好不暢快，熱鬧了一整夜。第二天，寶玉梳洗了吃茶時，忽然看見硯台底下壓著一張紙，晴雯忙啓硯拿出來，遞給寶玉看，是一張箋子，上面寫著「**檻外人妙玉恭肅遙叩芳辰**」。原來妙玉昨夜遣人送來了一張賀柬——賈府生日多得是，別人生日都不理會，偏偏記準了怡紅公子的壽辰呢。

粉色的箋子，遙叩芬芳的誕辰，書寫著似近又遠，欲語還止的祝福，妙玉從大觀園的一個僻角，捎來了戀戀的心意。

寶玉看了直跳了起來，問：這是誰接了來的？也不告訴！

這樣隱約細膩又熱誠的情感，寶玉是怎樣應答的呢？啊，寶玉究竟是寶玉，有他的高度，絕不會做出秦鍾把智能按在榻上的讓我們失望的事。頗費了一番功夫，在邢岫煙的指點下，寶玉謹慎寫回帖，只書「**檻內人寶玉熏沐謹拜**」幾字。

「檻外人」和「檻內人」，駢聯的雙關語，像兩朵並生的蓮蒂，並置的美玉——只有穎通的寶玉能應會穎通的妙玉。

寶玉親自把回帖拿到櫳翠庵，隔著門縫投進去便回來了。

福樓拜在《包法利夫人》中寫，愛瑪自從愛戀的雷翁離開後，在她百無聊賴的心中，對雷翁的思念變成了熠熠閃爍的火焰，像亞洲雪原上的篝火。在蕭索的庵中和荒瘠的心中，妙玉也有一簇灼熱的冰炭，一朵篝火，寂寂累積，慢慢延燒，終至不可收拾。

我們重新來到八十七回，尋找它蔓延的痕跡——

賈政不在家，寶玉不用去上學，閑步走到蓼風軒，惜春和妙玉正在下棋。旁觀到某個時辰隱在背後的寶玉笑出聲，把二人嚇了一跳。寶玉向妙玉施禮，笑問爲何今天能「出禪關」，「下凡一走？」

妙玉聽了，忽然把臉一紅，也不答言，低了頭，自看那棋。

只是一句輕鬆話，聽的人爲何臉紅了起來？寶玉以爲自己說錯，連忙陪笑，還沒等寶玉再說完什麼，妙玉「微微的把眼一抬，看了寶玉一眼，復又低下頭去，那臉上的顏色漸漸的紅暈起來」。給脂硯齋在廿三回批爲「粗蠢」的惜春不覺察，布放著下一盤棋子，妙玉怔了半天，幽幽地說，「再下罷。」

她站起身，理了一下衣服，又坐了下來，心神恍惚，問寶玉「你從何處來？」

寶玉也「轉紅了臉答應不出。」惜春笑寶玉「這也值得把臉紅了，見了生人的似的。」妙玉聽了，「心上一動，臉上一熱，必然也是紅的，倒覺得不好意思起來。」她再站起來，說，「我來得久了，要回庵裡去了。」可是立在門口，妙玉卻又笑著說：「久已不來，這裡彎彎曲曲的，回去的路頭都要迷住了。」——奇怪，來時不見有問題，去時卻不記得路了？寶玉倒接得爽快：「這倒要我來指引指引，何如？」

二人經過瀟湘館，聽見傳來琴聲，寶玉要進裡去聽，卻被妙玉止住，說是只有聽琴沒有看琴的，於是寶玉和她坐下在石上靜聽。以下的事情前邊已寫，不再重複；我們跳過時間來到晚上。

晚食後，妙玉坐禪到三更，聽見屋瓦花啦啦地響，她下了禪床，依欄站著，在如水的月光下想到白天和寶玉的對話，這時兩個貓兒正「一遞一聲廝叫」。妙玉突然心跳耳熱，她連忙回屋，再坐回禪床，情況卻更糟：

怎奈神不守舍，一時如萬馬奔馳，覺得禪床便恍蕩起來，身子已不在庵中。

這不又正應了《琴挑》裡唱的，「一念靜中思動，遍身欲火難禁；強將津吐嚥凡心，爭奈凡心轉盛」麼？

天地變色，妖魔鬼怪出現，持刀執棍逼上前來，扯拽逼勒劫脅，盡她怎樣哭喊求救也走不出夢魘，把別人都驚醒了，「只見妙玉兩手撒開，口中流沫。急叫醒時，只見眼睛直豎，兩顴鮮紅。」

怎奈得凡心轉盛、心思煎熬，妙玉到底是發瘋了。

七十六回在凹晶館的池塘旁，當黛玉往悲劇耽溺下去時，妙玉喝止不得繼續，把黛玉從寒涼的水邊帶到溫暖的室內，勸她「到底還該歸到本來面目上去」。這本來面目是什麼？是否隱藏在妙玉隨即續接的詩句中？是否可以用解救黛玉的同一禪通或佛遁法逃出魔障，拯救她自己？

爲黛玉的奇韻峭詞收尾並不容易，二十六句卻一氣呵成：

香篆銷金鼎，脂冰膩玉盆。簫增嫠婦泣，衾倩侍兒溫。
空帳懸文鳳，閑屏掩彩鴛。露濃苔更滑，霜重竹難捫。
猶步縈紆沼，還登寂歷原。石奇神鬼搏，木怪虎狼蹲。
贔屭朝光透，罘罳曉露屯。振林千樹鳥，啼谷一聲猿。
歧熟焉忘徑，泉知不問源。鐘鳴櫳翠寺，雞唱稻香村。

有興悲何繼，無愁意豈煩。芳情只自遣，雅趣向誰言。
徹旦休云倦，烹茶更細論。

其中很有意思的四句——歧熟焉忘徑，泉知不問源；有興悲何繼，無愁意豈煩，也許可以這樣來了解——明白人生多歧，就記住每條路況都很崎嶇；既然泉水有了，就別去追問源頭在哪兒；興致不錯不必用悲情來殺風景；沒有愁意就別自尋煩惱。

周汝昌先生在《再品紅樓——紅樓別樣紅》中，不只一次詮釋妙玉的中秋續詩：

妙玉由「香篆銷金鼎，脂冰膩玉盆」一直續到篇尾，中間敘了經歷險境：石奇如神鬼之搏鬥，木怪如狼虎之蹲伏——忽然熹光微露，現於樓閣之高層；然後就是「歧熟」其「徑」，「泉知」其「源」，繼之鐘鳴雞唱，特別引人矚目的則是「振林千樹鳥，啼谷一聲猿」。振林千樹之鳥……何等景象氣勢，……是一片興盛，生趣盎然的嶄新的朝氣。

又指出它的朝氣與生機，有一片曙光在字句間照耀著：

歷盡崎嶇的路程，遭到鬼神虎狼的恐怖險阻，竟然看見了樓閣上的曙熹曉色！而且，「鐘鳴」、「雞唱」，暗盡明來了。

有人認爲續四十回的作者糟蹋妙玉，要她走火入魔，還讓她在故事的最後被賊人劫持受辱而去（一一二回），破壞了她的孤高潔美。然而從前八十回的發展來看，無論妙玉被劫的結局是否依守了原作者在第五回〈紅樓夢引子〉和〈世難容〉的曲詞裡所揭示的設局而續寫正確，安排她走火入魔這一節卻是符合發展趨勢，甚至是必要的。在眞切的生活中，絕望的情思造成顚狂的例子不是比比皆是麼？批評的人也許不明白人間痴情是什麼罷。八十七回從聽琴寫到坐禪入邪魔，不但合情合理，過程也設計得很是精采，高鶚是充分發揮了他說故事的才能呢。

論者大多把妙玉的悲劇歸之於靈與性的交戰或者禮教的壓迫，看法都很有道理。可是僧尼思凡未必會被社會徹底泯殺，因爲現實禮教也許水洩不通，在文學呈現裡，性靈卻不一定甘於打壓；《紅樓》書中提到的《西廂》、《牡丹》、《玉簪》等詠歌的不都是禁忌的愛情嗎？只是妙玉的這件情感，小說家爲她設立的對象並不是介介一書生，而是深沉侯門內的家族繼承者，身邊又圍繞著無數美麗聰明、門當戶對的女孩子們，進入此一族類而參加競爭比插針還難，妙玉是深知自己不可能成爲候選人之一的。而更重要的是，寶玉愛惜、愛護她，把她當作知己都是眞，可他愛戀的是黛玉，不是她；寶玉爲黛玉可入魔可瘋狂可犧牲，卻不會爲妙玉做出任何逾界破格的事。妙玉的悲劇，起因於一個複雜又簡單的緣由——寶玉並不愛她（而《紅樓》也非妙玉的故事）。這悲劇與其說是由保守倫理道德的禁錮所造成，不如說是根源於愛情自身的不能，生命本質的缺憾。

絕望的妙玉外冷內熱，在心中燒著，這內火必須要燒出來，借顚狂而焚燒自己，燒除綺思，燒除激

情，燒除怨恨，燒除所有的愛戀瞋癡，像青瓷在高溫中燒去雜質，透出純淨晶瑩，像紅梅燒裂冰雪，綻出玉潔冰清，燒到「暗盡明來」，從灰燼中燒度出自己，「歸到本來面目」，她才能重生，就能再活下去。

第十篇　探春去南方

南方，每在《紅樓》敘述中出現時，筆中莫不盈溢著特別的敏感和傷懷：滋潤、柔麗、多情，夢繫所在，魂歸之地，旅者的終宿，心的原鄉，對《紅樓》寫者以至於很多寫者來說，南方，也許都代表了普魯斯特所說的「失落的祖國」——創作的原鄉吧。

曹雪芹看重探春，呵護探春，而託付給探春最大的任務，莫過於讓她走出凋零的大觀園，走出園外，載負鄉愁，前去南方。

七冊三頁，「坐龍舟游玩大觀園」，敷衍《紅樓夢》第十八回故事。

八十七回，姊妹們幾人來到黛玉處，雪雁備上了茶，大家邊飲邊說閑話。這時清風送來一陣清香。黛玉說，像是木樨香呢。探春笑黛玉終不脫南邊人的性情，九月裡還嗅到桂花香。湘雲接話，在南邊，正是晚桂開花的時候了：「你只沒有見過罷了，等你明日到南邊去的時候，你自然也就知道了。」探春笑道：「我有什麼事到南邊去？」湘雲說：

大凡地和人總是各有緣分的。

六十三回，怡紅院群芳夜宴，探春抽到一支籤，註寫：「得此籤者，比得貴婿。」大家取笑探春，「我們家已有了個王妃，難道你也是王妃不成。大喜大喜。」眾人的戲言預告了探春的未來婚姻。一〇二回，探春因婚嫁果然辭別眾人，乘舟而下，去了南方。

南方，每在紅樓敘述中出現，筆中莫不盈溢著特別的敏感和傷懷。除了前邊提到的遙喚秋桂香外，六十七回寶釵差人把薛蟠購置的南貨分送姊妹時，黛玉見了南方故鄉的物件，不禁流淚；九十六回，黛玉去世前，要求以清白之身歸葬南方；小說終局處，賈母、秦可卿、王熙鳳、黛玉和鴛鴦的棺木由賈政、賈蓉護送，前去南方。

以及最後寶玉重現，和父親作最後的告別，也在向南的路程上。

就像晚年臥病的法國作家普魯斯特，住在牆壁釘滿隔音軟木板的晦暗公寓，記起幼時姨媽曾把一塊甜餅浸軟在花茶裡餵給他嘗，一瞬間記憶如華廈聳現；世代生活在南方的曹雪芹，晚年貧病在北京西郊小室，寫著他的紅樓故事時，那南境故鄉的繁榮美景，必也照亮了他身在的荒涼。

南方，滋潤、柔麗、多情，夢繫所在，魂歸之地，旅者的終宿，心的原鄉，對紅樓寫者以至於很多寫者來說，也許都代表了普魯斯特所說的「失落的祖國」——創作的原鄉吧。

前去南方，載負這樣深沉的任務，小說家選擇了探春。

探春，賈政的三女兒，寶玉的同父異母姊姊，紅樓女子中極理性，極具實務能力的一位，從故事一開端就言行不俗，身手不凡。

卅七回，賈政出門應學差的工作，大觀園的女孩兒醞釀組織詩社，探春是發起人，送來寶玉處請箋，文句之豪邁不下於當今任何女性主義者：

孰謂蓮社之雄才，獨許鬚眉；直以東山之雅會，讓余脂粉。

探春號召，大觀園女兒熱烈響應，成立海棠詩社，此後輪番作東，定期聚會聯詩，彼此督促學習，共度了青春生命中最美麗的一段時光。

五十五回王熙鳳病了，王夫人給令，要李紈、探春和薛寶釵一同管家，三人組成團隊，以探春為首領，探春以實際行動證明了她不凡的管理能力。

我們從三人一起吃飯的模樣先看團隊的氣勢：「寶釵面南，探春面西，李紈面東。眾媳婦皆在廊下靜候，裡頭只有她們緊跟常侍的丫鬟伺候，別人一概不敢擅入。……只覺裡面鴉雀無聲，並不聞碗箸之聲。」和其他吃飯時間的喧喧鬧鬧大不相同，這行動委員會可當眞的呢。每日三人中的二人在廳房辦事，一人去上房監察，晚上睡覺以前還內外各處巡視一遍。賈府經三人這麼一管理，裡外眾人不得不比熙鳳當職的時候還更謹慎，「連夜裡偷著吃酒玩的工夫都沒了。」大家不免要在背後嘆氣：「剛剛的倒了一個『巡海夜叉』，又添了三個『鎭山太歲』！」

探春平日低調不露鋒芒，眾人起始「都不在意」，以爲她不過是個未出閣的千金小姐，只爲新鮮有趣，幾件事過後，「漸覺探春精細處不讓鳳姐，只不過是言語安靜、性情和順而已。」又過了幾件事後，更明白探春是連語言性情都不蒙鈍悠忽的。

探春天生是個經營人才，具有不凡的企業頭腦，比美當今的女強人。她一上任就看出賈府經營問題，明確地處理了幾件事；她嚴格遵守或者按情況的要求重新釐定收支規定，對自己的生母趙姨娘並不通融，對姊妹們也一視同仁；她知道節流開源的重要性，遏止額外開銷和重複開支，把園子包給人作，使園圃既有專人修理，又能滋生財源。她又並不一意獨行，凡事都找其他二人商量，並且接納別人意見。各方面探春都做得有聲有色成效斐然，替王熙鳳管家，探春威嚴和條理俱備，不下於後者而更有風範，連精於實務的熙鳳都不得不刮目相看，「好，好，好個三姑娘！我說她不錯。」「這正碰了我的機會，我正愁沒個膀臂。」後來又說，「她雖是姑娘家，心裡卻事事明白，不過是言語謹慎。她又比我知書識字，更厲害一層了。」原來強中還有強，霸道的王熙鳳看見了探春的能耐，留心起來，私下叮囑平兒：「『擒賊必先擒王』，她如今要作法開端，一定是先拿我開端。倘或她要駁我的事，你可別分辨，你只越恭敬，越說駁得是才好。千萬別想著怕我沒臉，和她一強，就不好了。」（五十五回）

繡香囊事件幾近爲探春在這方面的專長量身而寫，足足表現了她的意志和氣度，和更重要的，應付危機的意識和手段。

這是在七十四回，一個繡了春宮圖的十錦香袋不知被誰留在了庭園的山石上，賈母侍婢傻大姊撿到後，傳送到王夫人手中，導致了夜抄大觀園的大事情。當時王善保家的和周瑞家的挾王夫人之令搜查園中各大小丫頭行裝，翻檢得不像樣，主人們都束手無策任由動手時，只有探春一人先敞開了門，秉燭而待，親自坐鎮，斥訓來人，說出了極嚴厲的話：

> 你們別忙，自然連你們抄的日子有呢！……果然今日眞抄了。咱們也漸漸的來了。可知這樣大族人家，若從外頭殺來，一時是殺不死的，這是古人曾說的「百足之蟲，死而不僵」，必須先從家裡自殺自滅起來，才能一敗塗地！

曹雪芹看重探春，呵護探春，就是探春不容親生母親趙姨娘的缺點，也借王熙鳳和平兒私論探春治家時，細說大家庭中庶出女兒地位的困難，間接替探春在敘述中圓了場。黛玉臨終時刻，人多去參加寶、釵的婚禮了，小說家卻給探春以重責，讓她和李紈守候在黛玉床側。

而託付給探春最大的任務，莫過於讓她走出凋零的大觀園，走出園外，前去南方。

這是在九十九回，林黛玉已經去世，薛寶釵進入沒有愛情的婚姻，人物盡散，庭園已經解體的時間。賈政就職京官，一天意外收到一封信，鎮海總制周瓊向賈府求親，本就對周瓊頗有好感的賈政感到欣喜，許諾了三姑娘探春。一〇二回，探春辭別眾人，告別最不捨她的寶玉，「上轎登程，水舟車陸」，前去了濱海的南疆。

探春去了南方，賈政十分想念，一有機會就打聽女兒的消息，盼她日子過得好好的。一〇八回，湘雲出嫁回門，來給賈母請安，問起探春近況，賈母回道：「自從嫁了去，二老爺回來說，你三姊姊在海疆甚好。」

一一九回——下一回紅樓故事就要結束了——離家三年的探春從海疆回家：

> 眾人遠遠接著，見探春出跳得比先前更好了，服采鮮明。

本就是眾女兒中頭腦最清楚的探春，言語越發明白。眾人談起家中多少不順事，「還虧得探春能言，見解亦高，把話來慢慢兒的勸解了好些時。」

關於寶玉的心迷和走失，只有探春能和賈政有一樣的認識，從生活的禍福兩面和因果關係，作出了理性的分析，舒緩了眾人的焦慮：

> 二哥哥生來帶塊玉來，都道是好事，這麼說起來，都是有了這塊玉的不好。若是再有幾天不見，我不是叫太太生氣，就有些原故了，只好譬如沒有生這位哥哥罷了，果然有來頭成了正果，也是太太幾輩子的修積。

《紅樓夢》諸女兒們個個命運悲哀，高鶚卻讓探春走出大觀園，要她走向海洋，終至活得欣欣向榮，讓她成爲紅樓女子中的幸福生還者。紅樓一百二十回結束時，庭院已成廢墟，卻有探春像重生的花朵，把故事的希望導向了未來。

【延伸閱讀】

請給我們海洋

——簡・奧斯婷的《勸導》

簡・奧斯婷（1775－1817）的長篇小說《勸導》（*Persuasion*）開始時，女主角安・艾略特（Ann Eliot）已經二十七歲了。父親艾略特男爵不善理財，經濟發生困難，不得不把鄉下的房子出租給海軍將軍克若夫特夫婦。父親和大女兒搬去了巴茲，二女兒安隨後也要和母親生前的摯友羅素夫人一起去跟他們會合。克若夫特將軍夫人的弟弟文渥斯船長（Wentworth），才從海上回來，又出現在安的世界裡。

七年前，安和文渥斯曾相愛過，還論及婚嫁，因為門戶不登對，羅素夫人勸導安拒絕了婚事。後來安為照顧家務和家人而延誤了青春，文渥斯則加入海軍，放航東印度群島，獲得了財富和地位。

故事開始時，年華已去，安已是無聲無色的遲暮女子，是這種時候，在社會和自己加之於的雙重壓力下，安開始了她在小說中的歷程。純樸耐勞、溫柔收斂、體貼寬容的安，總是為別人著想，只要求和責備自己；心情顛簸、好事多磨，一路折騰以後，到底是重獲愛情，和舊日情人結為佳侶，小說在航向未來的期許中結束。

一八〇二年冬天，簡．奧斯婷和姊姊拜訪鄰居魏塞家庭，在那兒過夜。望族魏家姊妹和奧家姊妹一向要好。魏家二十一歲的兒子哈瑞斯突然出人意料地向簡．奧斯婷求婚。那時她二十七歲，和父親、姊姊三人正過著有點拮据的日子；她接受了。經過一夜的輾轉，第二天早上卻就改變了主意。

《勸導》中，拒絕文渥斯時，安也是二十七歲，以彼事想此事，以此心感彼心，《勸導》時時有真實生活的影子，寫得純樸、端莊、正直，細密中透露着倔韌的意志，這是奧斯婷的典型風格。對小說人物安的道德取向和堅持，想必每個讀者都會邊讀邊佩服；安對善的執著，大約只有《咆哮山莊》裡的希斯克利夫對惡的執著可以比擬；一個是在極度的矜持裡，一個是在極度的顛狂裡，實現著愛。評論家說《勸導》不但展現了作者一向擅長的倫理糾葛，又進入了精神內在，而且奧斯婷還是第一次在她的喜劇中隱藏了悲劇。這種看法使人不免想起了非常推崇《勸導》，而文字也常在風趣中透露著悲傷的二十世紀英文系代表作家吳爾芙。

奧斯婷生活的時代，一七七五到一八一七年，正是歐洲處於極其動亂的時期。一七七五年，美國獨立戰爭已經開始，一七七八年有英、法，英、西班牙戰爭，一七八九年法國大革命，一七九八年愛爾蘭獨立戰爭，一八〇四年拿破崙稱帝，一八一二年俄法戰爭，一八一五年滑鐵盧戰爭。從十八世紀末到十九世紀初，英國沉陷在各種戰事中，此外工業革命發動，機器和工廠取代手工業，女、童工制度剝削嚴重，一八一一年到一八一六年工人暴動不斷，經濟蕭條，社會經歷著轉型大震盪。一七九五年在二十歲左右，奧斯婷開始寫小說，不受身邊時事影響，穩穩靜靜地，細細慢慢地寫，日常人事、身邊瑣屑、親情關係、感覺和感情，用樸素溫良風趣的文體和罕見的理性，成為英文小說藝術的一位大家，英文科系的必讀作家。

《勸導》是奧斯婷最後一本小說。從一八一五年開始寫，第二年夏天寫完，再過一年她便因腎上腺失調的愛迪生病在四十一歲時去世了——年歲和曹雪芹很接近。那是一八一七年，當時拜倫二十九歲，濟慈二十二歲，雪萊二十歲，這些浪漫詩人都處在創作的高峰期。一八一八年《勸導》出版時，雪萊的妻子——二十一歲的瑪麗・雪萊（Mary Shelley, 1797－1851）也在同一年出版了一鳴驚人且傳讀不已的科幻小說《科學怪人》（*Frankenstein*）。瑪麗・雪萊的母親——瑪麗・伍斯東克瑞弗特（Mary Wollstonecraft, 1759－1797），則早在一七九二年就發表了驚世的女性主義名篇〈女子權利辯明〉（A Vindication of the Rights of Woman）。時空這樣風起雲湧，比較起來，奧斯婷似乎有點「姑姑媽媽」，可是她那種鋪陳日常細瑣和人情的能耐，別人也是沒有的，處理題材方面，和胡適認為是自然主義的紅樓述事又有點相近。

奧斯婷一生經濟情況從來沒有優渥過，出版費共收取了六百八十五鎊左右，要不是一位哥哥提供了房子，幾乎連住的地方都沒有。她的病症那時醫學界還無法診斷治療，身體忍受的是別人不能了解的痛苦。在婚姻重視經濟、門第、利益的十八世紀，她寧取真愛，且堅持不移，以至一生在情愛方面都沒有著落。種種逆境聚集一身，她卻以何等的振作，在書寫裡不怨嘆，不氣餒，每每用幽默、睿智、慧黠超越平凡和庸俗。文體上她始終不放鬆一種端莊謹慎，病沉時寫《勸導》，仍舊要看向海洋，勇敢出航。她要她的小說人物遵行的做人原則就是她自己的道德自許，無論於小說書寫還是作者為人，今日都是失落了的美德。

奧斯婷的時代，人們看不起女性和小說，第一本《初次的印象》出版，使用了「一名女子」為隱名。完成了的六本小說中，諧趣親切的《傲慢與偏見》，《艾瑪》、《理性與感性》等持續為人讚讀。風格不同的《勸導》後來受到評論家們的注意，被認為是她最複雜精密的作品。吳爾芙說，如果奧斯婷能享天年，

從《勸導》繼續寫下去，進入的將是普魯斯特的境域。

《勸導》裡，凡寫到海，或者和海有關，文字總是充滿非凡的朝氣。這裡就試譯幾處以為例：

第六章，安第一次和新房客海軍將軍和夫人見面，深深覺得兩人自然大方，尤其是將軍夫人，熱情風趣優雅，和自己熟悉的女子都不同。夫人有明亮的黑眼睛，整齊的牙齒，和藹的臉，外形顯露着爽直的勁力，由於經常隨丈夫航行海上，蒼韌的皮膚透閃着紅郁的光澤，好像——

「比實際的三十八歲在世界上活得更長久」

「她的舉止開明、平易、有決心，像一個不會不相信自己，不會疑豫的人，又一點也不粗俗或缺少幽默。」

將軍夫人告訴她，海上可以過得和陸上一樣的安適，她自己生活裡最愉快的時間都是在船上度過的，因為——

「當我們在一起的時候，妳知道，甚麼都不怕的。」

安在將軍夫人身上看見了自己的未來可能，充滿了仰慕和期待地想著：

> 「如果我愛一個人，能像她愛將軍一樣……」

第十二章，被已嫁的妹妹邀去作陪，安和一群女孩子們來到瀨姆鎮的濱海遊玩。一個早晨她們漫步海邊——

> 去走沙灘，看潮水，柔和的東南風爲平蕪的灘地帶來無比的壯麗。她們讚美早晨，在海水中榮耀，在舒軟的海風中和海同享情懷……

在海風迎送，海水晃漾沁潤下，安顯得出奇的好看——

> 柔和的海風撫潤了她的皮膚，明亮了她的眼睛，依舊勻稱漂亮的身材恢復了青春的光彩和清新。

無論篇頁走到哪兒，一接觸到海，《勸導》文字就會亮起來。海洋段落在文脈中起伏如波浪在海水中起伏，不但載引情節和人物，一次一次還要把各種都漂洗得清明又愉快。

以前推拒別人，現在被拒的人從海上回來了，是這麼的富有、健碩、高傲，社會另眼相待，美女簇擁在旁任由他選擇，這回是輪到自己被拒絕了。以前被別人勸導，現在要自己勸導自己。安再次走上勸導的路程，這回則是要說服自己坦然接受被拒絕，接受沒有愛情的遲暮生活。或者，得勸服自己，為別人活，也要為自己活；勸服自己，社會意見固然重要，自己的想法也一樣重要；勸服自己，必須改變自己，隨內心

的意願而勇敢地去追求真愛。

小說家用海洋來蛻變文渥斯，在安的不安寧的時刻也給予她海洋，讓它啟示她、鼓勵她。經過一連串和海的接觸，她抵達巴茲。城市熙攘，人際趨炎附勢，庸俗虛偽如舊，規模還更大，於是內心的嚮往更加明白了。

秋天開始的情事，經過婉轉起伏的勸導過程，在暮冬時節明朗。安再一次感動了文渥斯。暮冬蕭冷沉重，可也期許著春天。春天來時，她就會跟愛人一起登船，開始海的旅程。

求得個體的舒放，高鶚（約1738－約1815）和奧斯婷（1715－1817），二位各居地球東西方的同時代小說家，不約而同都望向了海洋。

現實的海自然別有情景。《紅樓夢》書寫時期，十八世紀清代中國海疆詭譎無比，海岸和海洋都醞釀著危機。平日海盜、流寇劫擾頻繁不用說，清初因沿海遺明勢力頑抗，尤其是鄭成功崛立於台灣，從順治十三年到康熙廿二年「遷海」、「禁海」，和焦土政策執行嚴厲，江、浙、閩、廣沿岸五十里為界，居民都被強迫遷於界內，燒燬了界外所有的屋舍田莊，海景是一片肅殺荒涼，充滿了敵意。康熙六十年（1721）朱一貴在台灣武裝暴動，乾隆五十一年（1786）林爽文以「殊殺貪官，以安百姓」為口號，策動農民包圍台南府城，屢屢清廷都派水師鎮壓。十八世紀末海禁依舊森嚴，普通人民不得私自出入。嘉靖、道光年間，從十八世紀到十九世紀，清廷向緬甸、越南等進行帝國主義的征討。不久全世界的列強要更凶狠地出現在海上，一八三九年鴉片戰爭爆發，從此使中國淪入了百年不得翻身的半殖民地的歷史局面。

在此起彼落、接續不止的戰事中，《勸導》書寫時期的歐洲海洋也是一連串的夢魘。為了隨時準備法軍登岸，這時英國近海地區的宿校學生在床底都放着一種能隨身攜帶的「拿破崙被褥」。除了本地戰事，英國還在積極從事全球性的海上侵略活動。小說中包括文渥斯船長在內的海軍軍官們航行東、西印度和世界其他各處，正是掠奪屠戮原居地人民的帝國主義殖民艦隊。奧斯婷的兩個哥哥都在海軍，位及官將，五哥法蘭西斯在英法戰爭中屬納爾遜將軍左右手。《勸導》寫海軍性格「友善」「友愛」「開明」「正直」，「比全英國任何一類男子都更可取而溫和」，但是據奧斯婷傳記家P．何南（Park Honan）記載，法蘭克率領英國皇家海軍為東印度公司載運鴉片，曾運九十三箱鴉片到廣州，運回價值四十七萬英鎊的銀兩，在中國本土還曾案情不明地殺了一個中國人，法蘭克自然不曾為此而自譴或者受到處罰，反而屢因販毒特務而被給以高額酬賞。法蘭克的日誌每每記載海戰和叛變的血腥、海上生活的艱苦，和肛交嚴重的問題。

現實的海洋是戰爭、屠掠、疫疾，是陰謀威脅、混亂、恐懼、焦慮，是伺伏的危險，貪婪的吞噬，血腥的暴力。《勸導》的最後一段，奧斯婷寫安成為航海者的妻子而容光煥發，可是「對未來戰爭的恐懼卻能使她的陽光黯淡」。海的真相，在某種程度上小說家也都是明白的。

屬於歷史的歸歷史，屬於政治的歸政治，屬於文學的歸文學。當高鶚和奧斯婷拿起筆的一時，所有的實際在他們筆下都頑石成金一般地開始蛻變，外在的政治社會文化等的糾纏釋解了，公眾的和個人的沉淪躍升了，理想召喚，奇景出現，是這麼的欣慰，遼闊，歡暢；卓越的小說家們給予我們海洋，許諾了出航。

第十一篇 守護著的姊妹們

由女性生養、啓蒙、呵護，而達到超度的終極，《紅樓》寶玉的一生實在是一本無時無地不在受養、受教、受佑、受愛於女子的故事。衆女孩兒們是寶玉的守護天使，她們用生命成全寶玉，寶玉訴之於愛心柔腸，和她們建立親愛精誠的關係，以生命爲報答。章回節落之間，寶玉溫柔體貼，善良細膩，處處多情用情重情專情，從服飾到內裡，從語言到行動到心性，裡裡外外，莫不以女性化爲自然、爲舒適、爲驕傲。

十四冊五頁，「林黛玉重建桃花社」，敷衍《紅樓夢》第七十回故事。

第五回，寶玉夢遊太虛幻境，夢的後程來到一個所在，到處都是荊榛，狼虎呼嘯成群，底下萬丈深淵伸到千里遙遠，迎面一道黑溪阻擋了出路，沒有舟楫橋梁可通行，也沒有水岸津口能過渡，情況眞是險急極了。

這時，突然有女孩兒的聲音在耳邊呼喚：

寶玉別怕，我們在這裡。

這句話喚得眞是驚天動地，玉石俱焚，道盡小說和人間關係中，女性的守候、呵護、超渡的功能。寶玉周圍，從大姊元春皇妃、賈母、王夫人等，到各種同伴、侍婢、嬷嬷等，數不盡的女性人物，是沒有一位不在發揮著這樣的功能，擔負著這樣的任務的。

首先，寶玉因有爲元妃省親建造別墅而有大觀園，因元妃督令而搬入大觀園。元妃和寶玉之間「**雖如姐弟，有如母子**」。元妃瞭解寶玉的眞性情，眷念切愛寶玉，這是來自皇族的呵護。

其次，賈母、王夫人、鳳姊等偏袒縱溺寶玉；這是來自權勢的寵愛。

再來數襲人、晴雯、麝月等，內外服侍日夜照料；這是貼身的侍候。

秦可卿導引寶玉入夢，在夢中授以性愛，啓蒙了成長。

更看黛玉和寶釵，前者是愛人和摯友，後者是妻子，各自載負、分擔了伴侶的重任。

由女性生養、啓蒙、呵護，而達到超度的終極，紅樓寶玉的一生實在是一本無時無地不在受養、受教、受佑、受愛於女子的故事。

眾女孩兒們是寶玉的守護天使，她們用生命成全寶玉，寶玉訴之於愛心柔腸，和她們建立親愛精誠的關係，以生命爲報答。章回節落之間，寶玉溫柔體貼，善良細膩，處處多情用情重情專情，從服飾到內裡，從語言到行動到心性，裡裡外外，莫不以女性化爲自然、爲舒適、爲驕傲。

在寶玉身上，小說家寓寄了多少對生活的瞭解和對女性的敬慕。

第十二篇　寶玉的報答
——寧作女孩兒

許多心情，只有寶玉瞭解；許多感覺，只有寶玉領受得到；許多罪過，只有他承擔；許多情，只有他迷；許多愛，只有他給。只有寶玉為離別落淚，為逝去傷痛，為人間不平訴之於行動。

十六冊六頁，「賈寶玉傷心述緣故」，敷衍《紅樓夢》第八十一回故事。

第十五回，秦可卿葬禮，王熙鳳坐車隨行在隊伍中，看見寶玉騎馬在外，怕他縱性逞強，有個閃失難見賈母，把他叫到車前，笑著說：

好兄弟，你是個尊貴人，女孩兒一樣的人品，別學他們猴在馬上。

寶玉一聽，樂得立刻棄馬上車。「脂硯齋」這裡批：「非此一句，寶玉必不依，阿鳳眞好才情。」寶玉不但愛女孩子，而且寧可被人視爲女孩子，寧可做女孩子。我們先來看寶玉外型的女性化：第三回，寶玉去廟裡還願回來，是初夜的時分，第一次出現在我們眼前，以秋月春花的美姿讓我們驚艷。

若中秋之月，色如春曉之花，鬢若刀裁，眉如墨畫，面如桃瓣，目若秋波，雖怒時而若笑，即瞋視而有情。

小說家還不甘心；寶玉去跟王夫人請安後，要他再一次出場，更是：

面如敷粉，唇若施脂，轉盼多情，語言常笑，天然一段風騷，全在眉梢，平生萬種情思，悉堆眼角。

世間姿容有這樣風流的麼？

寶玉的髮式是——

頭上周圍一轉的短髮，都結成小辮，紅絲結束，共攢至頂中胎髮，總編一根大辮，黑亮如漆，從頂至梢，一串四顆大珠，用金八寶墜角。

衣裝是——

銀紅撒花大襖，戴著項圈、寶玉、寄名鎖、護身符；下面半露松花撒花綾褲腿，棉邊彈墨襪，厚底大紅鞋。

世間梳妝又有這般豐麗嫵媚的麼？

寶玉上學，在眾學生中，是「如花朵兒一般的模樣」（八回）。在北靜王水溶的眼中，又見他「面若春花，目如點漆」（十五回）。

寶玉不但「秀色奪人」，行爲也極女性化。他喜歡吃胭脂，喜歡給女孩子梳妝，也喜歡被女孩子梳妝。他會調理化妝品，深知各種的特點和用法，對美比女孩子還瞭解還講究還堅持。

寶玉從不以哭爲恥。第三回，初見黛玉，就爲黛玉的無玉而「流淚滿面」。文中只要黛玉流淚，必定陪著流淚。見人間不幸或悲傷，也一定流淚。寶玉流淚的次數在書中僅次於黛玉。俗語說大丈夫有淚不輕彈，這種以爲流淚就是丟臉的所謂大丈夫，寶玉卻是不屑做的。

溫柔、甜蜜、細膩、敏感、多情「情性體貼，話語纏綿」（九回），人多說是女子性情，寶玉全都有，且看——

第九回，黃昏時晴雯上梯去門上貼字，下來凍了手，寶玉攏起她的手，用自己的手握著讓手回暖。

十九回，小廝茗煙在房中按著一個女孩子胡來，給寶玉撞見，嚇得發抖，寶玉卻跺腳說「還不快跑」，又罵茗煙連女孩歲數也不問問，不知憐惜。

二十回，襲人生病，「自己守著她歪在旁邊，勸她只養著病，別想著些沒要緊的事生氣。」還親自在枕邊扶著她喝藥，「不肯叫她起來，自己便端著就枕與她吃了。」

廿一回，湘雲在黛玉房裡睡著，膀子擱放在被外，寶玉過來輕輕替她攏上被，說，「睡覺還不老實，回來風吹了，又嚷肩膀疼了。」

廿五回，同父異母的弟弟賈環嫉妒寶玉，故作失手，把蠟燭油推到寶玉臉上，燙出一圈燎泡，眾人慌亂，寶玉卻不責怪，說，「明日老太太問，只說我自己燙的就是了。」

三十回，寶玉在薔薇花後窺見齡官想念賈薔，在地上畫「薔」字，擔心著她身體單薄，「那裡還擱得住熬煎，可恨我不能替你分些過來」，後來自己淋了雨不知覺，反而憐惜齡官身上雨淋濕了。

卅四回，寶玉挨父親賈政狠打，寶釵來探傷，寶玉卻不許襲人說出是因薛蟠說他壞話而起，免得寶釵難過。黃昏時候黛玉來探，寶玉不顧自己疼，反擔心地上餘熱未散，黛玉走來要受暑，說，**「我雖然捱了打，並不覺疼痛。我這個樣兒，也是裝出來哄他們，好在外頭布散與老爺聽，其實是假的。你不可信眞。」**又說，**「我便爲這些人死了，也是情願的。」**

卅五回，金釧投井後寶玉深感愧疚，試著接近金釧的妹妹玉釧，和玉釧一同喝湯時，後者失手碰翻了碗，熱湯潑了寶玉的手。寶玉自己燙了不覺得，只管問玉釧**「燙了哪裡了，疼不疼？」**

六十一回，因爲遺失了玫瑰露和茯苓霜，內外牽連，審問抄查，主事的平兒十分爲難，寶玉倒是把兩件事都自己兜了下來。後來王熙鳳說，**「但寶玉爲人，不管青紅皂白，愛兜攬事情。別人再求求他去，他又擱不住人兩句好話，給他個炭簍子戴上，什麼事他不應承。」**說盡寶玉的柔軟心腸。

不但遍及現世，寶玉的柔情還延伸到非現實。

例如十九回，東府歡宴，熱鬧之間寶玉突然記起，曾在這裡一間小書房的壁上看到過一張美人圖，**「今日這般熱鬧，想那裡自然無人，那美人也自然是寂寞的，須得我去望慰她一回。」**

卅九回，劉姥姥爲討賈母歡喜，編了紅衣白裙姑娘雪莊偷柴的故事，因南院馬棚突然走火，故事給打斷。後來眾人都忘了讓姥姥把故事續說下去，只有寶玉一人掛念虛構的姑娘，拉住姥姥細問，第二天又叫茗煙去找故事裡的祠廟，也好祭拜精靈。

紅樓人際關係複雜警險，各種嫡庶、親子、婆媳、姑嫂、妯娌、妻妾、房裡外、大小丫頭、婆子侍從等，層層相扣，環環互剋，權權相忌，一句話，一件事，輕則謠謗佈散，雞犬不寧，重則裡外混亂，性命攸關，時時處處都有詐暗，藏伏著出賣和傾覆的危機。可是寶玉是善好的，和他人的關係是親誠的。在寶玉身上，我們看見了小說家的心意；如果能像寶玉一樣細膩精緻，溫柔體貼，敏感多情，人間塵世會多一些溫暖，多一分和諧，多一點希望的。曹雪芹給與人物賈寶玉用以補天的工具或法寶，莫非就是墨子說的「兼愛」裡的一個「愛」字了？

這愛又莫不全用在黛玉身上，從第一天遇見黛玉開始，寶玉就陪著落淚，黛玉耍小脾氣，寶玉從不惱怒冷淡，總無時無地不「俯就」，等「**那黛玉方漸漸的回轉來**」（五回）；每遇黛玉不開心，就會「**打疊起千百樣的款語溫言來勸慰**」（二十回）。確確是天下第一情人。

中國社會的偏見總認爲像《三國》、《水滸》中的那些英雄好漢才是男子，而「賈寶玉」是窩囊男人的代號，給人稱爲賈寶玉是不體面的。我們的時代，再看人性和性別，從《紅樓》而啓迪，明白了曹雪芹和賈寶玉才是怎樣的人上之人呢。

而寶玉的優點美德又遠超過我們能想像；他是不自私的，是無我的，是能犧牲的。

許多心情，只有寶玉瞭解；許多感覺，只有寶玉領受得到；許多罪過，只有他承擔；許多情，只有他迷；許多愛，只有他給。只有寶玉爲離別落淚，爲逝去傷痛，爲人間不平訴之於行動：

十三回，秦可卿去世，寶玉從夢中醒來，直奔出一口血。

十五回，秦氏葬禮，寶玉等一行來到村莊休息，村姑二丫頭示範紡織給寶玉看，走時寶玉戀戀不捨，一時上了車，「**恨不得下車跟了他去，料是眾人不依的，少不得以目相送，爭奈車輕馬快，一時展眼無蹤。**」

十七回，秦鍾去世，「別無記述，只有寶玉日日感悼，思念不已。」

卅一回，不能勸解晴雯和襲人二人拌嘴，「『叫我怎麼樣才好！這個心便碎了，也沒人知道。』說著，不覺滴下淚來。」

卅三回，爲金釧自盡，「五內摧傷」，「五內俱焚」。

四十四回，平兒無故被打，只有寶玉一人爲她悲傷，「洒然淚下」，只有他一人照顧平兒更衣補妝，收拾身心。

四十七回，柳湘蓮要遠行，寶玉說，「『只是你要果眞遠行，必須先告訴我一聲，千萬別悄悄的去了。』說著便滴下淚來。」

七十七回，晴雯抱病被趕出賈府，只有寶玉一人前去探望，看見晴雯睡在蘆席土炕上，「因上來含淚伸手輕輕拉她，悄喚兩聲。」

晴雯病逝，寶玉「怔了半天，因看著那院中的香藤異蔓，仍是翠翠青青，忽比昨日好似改作淒涼了一般，更又添了傷感。」

造成傷逝事件的王夫人不過賞了晴雯家人十兩銀子了事，其餘眾人都不說話，到晚上各自依舊安歇去了，「獨有寶玉一心淒楚」，在睡夢中呼喚著晴雯的名字，「魘魘驚怖，種種不寧。」

我們讀《紅樓》，知道寶玉出身富貴，盡受呵護，卻不知全書只有他一人在經歷著、承擔著全體的悲傷憂苦。魯迅在他的《中國小說史略》中寫：

悲涼之霧，遍布華林，然呼吸而領會之者，獨寶玉而已。

至深至刻對寶玉的瞭解，只有魯迅這樣的小說家才能提示吧。在《絳洞花主》小引裡，魯迅又說：

在我的眼下的寶玉，卻看見他看見許多死亡，證成多所愛者，當大苦惱，因爲世上，不幸人多。

寶玉所證成的，是不下於如釋迦如基督所證成的生命苦性，而那些珠寶金玉在他頭上所織成的華冠，是否也是一頂荊冠呢？

〔第三章〕成長

前頁：二十冊七頁，「薛寶釵出閨成大禮」，敷衍《紅樓夢》第九十七、八回故事。

第十三篇　賈政不作夢

衆人都在迷濛時，他是清楚的；衆人都慌亂時，他穩得住；沉淪時，他能振作。所以小說家給賈政以重任，在故事開始時讓他興建家園，結束時重整家園，要他擔當上下文中，和寶玉的浪漫敘述並置的理性敘述，在各種緊要關頭，啓動警惕、詮釋、評析、歸納、總結、前瞻等作用，用現實意識來均衡神話和傳奇；賈政實在是紅樓敘述的一個中流砥柱。

廿四冊八頁，「接家書得悉正返家」，敷衍《紅樓夢》第百二十回故事。

《紅樓》中的男子，重要性僅次於賈寶玉的，只有賈政。「脂硯齋」批賈政之爲人物「有深意存焉」，提醒我們仔細去閱讀賈政。

賈政是怎樣一種人？第三回，林黛玉父親林如海和賈雨村在對話中把他勾勒得頗清楚：

二內兄名政，字存周，現任工部員外郎，其爲人謙恭厚道，大有祖父遺風，非膏粱輕薄仕宦之流。

「輕薄」一詞，曹雪芹用得不輕薄，「非輕薄之流」除了用來讚美他心愛的精秀女孩兒們外，只另用在賈政身上。偏愛女孩子的小說家，認爲世界上的男人除了賈寶玉和寶玉之友以外，其餘男人全都是「混蟲」的時候，卻把賈政寫得有品格、有尊嚴、有德行。

賈政集孝子、嚴父、書生、清官等多種身分於一身，在書中並不是一位威風人物。雖然「自幼酷喜讀書，祖父最疼」（二回），家中繼承了爵位的是哥哥賈赦，他只是後來給賞賜了工部員外郎（八十五回），從原任的學差轉就另一個也不甚重要的職位而已。賈府生活雖然豪奢，賈政卻很簡樸，第三回，黛玉初訪榮國府，拜會王夫人，來到賈政居住的「東廊三間小正房」，見到「正房炕上橫設一張炕桌，桌上磊著書籍茶具，靠東壁面西設著半舊的青緞靠背引枕。王夫人卻坐在西邊下首，亦是半舊的青緞靠背坐褥。」兩個「半舊」寫出賈政的節省的美德。廿七回，賈政見寶玉腳上新鞋做得精緻，說，「何苦來，虛耗人力，作踐綾羅，做這樣的東西。」這樣節約，與賈赦的侈華誇張成了對比。至於家務事，賈政其實也並不愛管，第四回文字頗多寫到他「公私冗雜，且素性瀟灑，不以俗務爲要，每公暇之時，不過看書著棋而已，餘事多不介意。」十六回又重複寫他「不慣於俗務，只憑賈赦、賈珍、賈璉……等幾人安插擺布。」看來他也不像別人一樣喜歡舞弄權勢，是個文人氣質比較重的人。

對人方面，賈政也很寬厚。金釧被王夫人責打而投井，事後賈政聽到非常驚詫，責怪自己失職：「我家從無這樣事情，自祖宗以來，皆是寬柔以待下人。大約我近年於家務疏懶，自然執事人操克奪之權，致使生出這暴殄輕生的禍患。」（卅三回）

他也很廉潔。九十九回外放江西糧道，初到任時，下邊的胥吏「百計鑽營」，但是賈政嚴守官箴，「一心做好官」；旁邊人要他「識時達務」、「上和下睦」，給節度作生日，他氣得罵道，「胡說……叫我與他們貓鼠同眠嗎？」（九十九回）不過賈政做官做慣了，有時也會讓人哄著辦事，底下人不免會鬧出事端來。好在「上司見賈政古樸忠厚，也不查察」（九十九回）。賈府被抄，賈政責備自己「我因官事在身，不大理家」，讓賈璉和王熙鳳夫婦總理家務理出了亂子，賈政罵賈璉，「你父親所爲，固難勸諫，那重利盤剝，究竟是誰幹的？」（一〇六回），也罵自己「爲什麼糊塗若此」，於是就讓讀者省一事，不用去數落他的昏忽了。政務、實務上都不夠精明的賈政，其實是在勉力而爲的。

這「古樸忠厚」人最歡喜做的事，不是爭權奪利、諂上欺下等，而是「村居養靜」（百二十回），和享受平淡的家庭生活，偶然賜假在家休息，能和「母子夫妻共敘天倫庭闈之樂」，就會「自覺喜幸

不盡」（七十一回），一應大小事務就全交給了別人管。

賈政對母親很孝順，一次中秋聚宴，爲了使賈母高興，不惜「老萊娛親」，正經八百地說了一個怕老婆的笑話，讓大家笑得人仰馬翻，笑的自然也因爲是賈政在說笑話。不過在歡樂的場合賈母往往要趕他走，免得沒趣的他在場把大家也弄得沒趣了。

賈政雖然低調，賈府的經濟和社會地位都要他直接、間接張羅；上從賈母、夫人、公子、小姐，下至各類侍婢、廝從、僕役們，都依靠他生存，倫理秩序依靠他維持。榮、寧二府入罪，他得處理，在封家歸還免罪之後，是他得去「**北靜王府、西平王府兩處叩謝，求兩位王爺照應他哥哥、侄兒。兩位應許，賈政又在同寅相好處託情。**」（一〇六回）不愛管實務的賈政，實務其實管得最多。大家都能吃喝玩樂，他卻得不停地「**在外料理**」，四方奔波。也許除了媳婦王熙鳳以外，沒有一人在《紅樓》中，必須擔負著從龐大到瑣細，從簡單到複雜的這樣多的事務。而且，在宴盡席散，故事接近終局時，也是賈政接下了收腳和善後的工作。

賈政在故事中常出外差，在文字裡出現的地方並不算多。三次主要現身，應該是在十七回的「**大觀園試才題對額**」，卅三回的笞撻寶玉，和終局百二十回的船泊毘陵驛津口見別寶玉。

賈政和寶玉的關係，就紀實來說，賈政生寶玉；從虛擬來說，寶玉生賈政，虛實兩方兩人都依附得十分緊密。小說家托身於二位人物，寶玉是小說家的感性，是想做的自己；賈政是他的理性，是不得不做的自己，兩種互相剋制和抵抗，依附和協助，形成的是共分命運的雙生同體。如果賈寶玉代表了虛／假／夢幻，賈政則代表了實／眞／現實；如果前者昭示寓言，後者則展陳人間。在小說結構中，

唯有賈政一人能與賈寶玉形成對立而相當的兩大敘述上的動勢，並且能夠蜿蜒成從頭到尾不斷交會的脈絡。

曹雪芹寫賈寶玉，著力描述放在他床前的一座明亮的大鏡子，自然是要強調寶玉的鑑照、澈識的能力。卅一回，晴雯喜歡撕扇子，寶玉不但不責備，反遞扇給她，說：

> 這些東西原不過是借人所用，你愛這樣，我愛那樣，各自性情不同，比如那扇子原是搧的，你要撕著玩也可以使得，只是不可生氣時拿它出氣，就如杯盤，原是盛東西的，你喜聽那一聲響，就故意的碎了也可以使得，只是別在生氣時拿它出氣，這就是愛物了。

這種「愛物」觀，想必不能被常識所認同，可是若要把它說成不過是反映了賈府物資充腴，生活習慣奢侈等，倒不如把它看成是寶玉靈性表述的一種，很多評者稱它爲禪意也是一樣的意思。後來寶玉認爲海棠花無由枯萎（七十七回），兆示了晴雯的凋零，說，「**不但草木，凡天下之物，皆是有情有理的，也和人一樣，得了知己，便極有靈驗的。**」這類被迂鈍的襲人取笑的「胡思亂想」，是靈悟的另一種顯示。

賈政的鑒察能力並不下寶玉。他世故卻不庸俗，在官而不合污，就是因爲具有著這與寶玉匹敵的敏感和見識能力。寶玉生時口中銜玉，其他人都驚喜，只有賈政認爲不好（百二十回）。元宵歡宴，大家都在熱鬧，只有賈政一人感到眾女子們出的謎底露出不祥，「**愈覺煩悶，大有悲戚之狀**」，回到房中以後，「只是思索，翻來覆去竟難成寐。」（廿二回）以後各人的發展都應驗了賈政的預感。寶玉受蠱中邪，幾近彌留的時刻，僧與道突然出現，只有賈政聽見他們的呼喚從牆外傳來，「想如此深宅，何得聽得這樣眞切，心中亦稀罕。」（廿五回）感性和知性兩方面，賈政也都是不凡的。

不過賈政這面鏡子映照的性質卻和寶玉正好相反。後者來自上天，是靈竅稟賦，賈政的鏡性卻來自現實環境，是人間歷練。衆人都在作夢的時間，只有賈政是醒著的；衆人都在迷濛時，他是清楚的；衆人都慌亂時，他穩得住；沉淪時，他能振作；所以小說家給賈政以重任，在故事開始時讓他興建家園，結束時重整家園，要他擔當上下文中，和寶玉的浪漫敘述並置的理性敘述，在各種緊要關頭，起動警惕、詮釋、評析、歸納、總結、前瞻等作用，用現實意識來均衡神話和傳奇；賈政實在是紅樓敘述的一個中流砥柱。

大觀園因元妃省親而源起，賈政從外以社會、經濟實力，從內以建築工程來釐定疆界、修建場地，十七回時，庭園成立。

十七回，極重要的一回，賈政領衆人參觀嶄新的花園，攜寶玉在身邊，兩人共同勘查、描述地貌和建築，由賈政導引，寶玉爲主要地段和房宇定名，紅樓圖輿卓然成形，小說的鄉園主題實由二人攜手建立。

然而父與子之間的關係眞是緊張。寶玉這邊，每每一聽到父親的名，就像「打了個焦雷一般」。（廿六回）一次趙姨娘的丫鬟小鵲過來傳消息，說是明日賈政要問寶玉話，寶玉聽了，「孫大聖聽見了緊箍咒一般，登時四肢五內一齊皆不自在起來。」父親問話，自然除了功課還是功課，已經睡下的寶玉慌忙起來開夜車抱佛腳，弄得怡紅院人仰馬翻，「自己讀書不致緊要，卻帶累著一房丫鬟們皆不能睡，襲人麝月晴雯等幾個大的是不用說，在旁剪燭斟茶，那些小的，都困眼朦朧，前仰後合起來。」（七十三回）

賈政恨寶玉不務正，專在「濃詞豔賦上作工夫。」有時竟罵成「作孽的畜生！」（廿三回）父子互動每每都在兒子懼怕著開始，父親的喝斥聲中結束。二人的衝突在寶玉終於遭到父親的嚴懲而達到一個高峰。這是在卅三回，賈政聽信了有關寶玉私藏戲官，淫辱母婢的謠言謗語，痛打寶玉，打得「底下穿的一條綠紗小衣皆是血漬」，差點沒把寶玉打死，打到如此地步，賈政事後自己都懊悔不該「下毒手」。

賈政打寶玉，流淚三次，第一次是開打時「滿面淚痕」，第二次是王夫人前來阻止時，「淚如雨下」，第三次是賈母爲此痛罵賈政時，賈政邊流淚邊解釋。一邊痛打一邊流淚，小說家對置二種極端情緒，交錯進行情節，充分體現賈政對寶玉的愛恨交織，恨鐵不成鋼的心情。

如果黛玉和寶玉是知己和貼心，賈政和寶玉則是嚴父與孽子，二人呈現的父子情結幾可自成主題，再開敘述，另寫一本小說。

賈政一路提醒寶玉什麼是現實生活，隨時鞭策寶玉，催促寶玉醒來，必須接受歷煉而成長，否則不能預備自己，承繼賈府家業，遑論擔負補天的重任。賈政是成年的代號，成人的標徵。作者肯定賈政，給以尊嚴，善待成年，成年在小說中竟不顯得是罪過，反被認知成生命必走的階段。

在心裡賈政其實是瞭解寶玉的。寶玉的詩文才情，章回中大多要借和賈政對話的場合才更解釋出精

神。十七回，賈政領眾客參觀新落成的大觀園時，要隨行的寶玉作詩。寶玉每成一詩，賈政就說不行，當眾斥訓，從頭罵到尾，其實心中爲寶玉詩格的奇逸而欣喜——「**雖有正言厲語之人，亦不得壓倒這一種風流去。**」

在痛恨兒子是「**無用之人**」的同時，做父親的卻也一眼就看得見寶玉「**神彩飄逸，秀色奪人**」，著實明白他「**奇異天生**」（廿三回）。寶、釵合婚，上下都樂觀其成，只有賈政心中不適。賈母告訴他連婚計畫時，賈政並不高興，聽了「**原不願意，**」勉強應對，「**心中好不自在**」，「**只是賈母做主，不敢違命。**」（九十六回）

爲什麼賈政對寶、釵合婚好不自在？是合婚的時候不對？還是比較傾向於黛玉？作者沒有明說。若論情思，賈政是能和黛玉互通的。黛玉曾經告訴過湘雲，中秋賞月的地點「凸碧山堂」和「凹晶溪館」的命名經過。原來當時大觀園落成，賈政令寶玉爲建築起名後還剩下了幾處，賈政要大家一起擬出名來。後來元妃發令要賈政選擇時，在眾名之中，賈政竟都選用了黛玉所起：

> **誰知舅舅倒喜歡起來，又說：「早知這樣，那日該就叫他姐妹一併擬了，豈不有趣！」所以凡我擬的，一字不改都用了。**（七十六回）

庭園命名的那日，黛玉有可能被賈政帶在身邊，與寶玉一起爲大觀園釐定輿覽呢；賈政心中是瞭解寶、黛兩人的。

父親對兒子的情感畢竟會落實；原來賈政年輕時也有過一段叛逆，「起初天性也是個詩酒放誕之人」，經過長輩的規勸才入了「正路」。以身設想，賈政在「年邁」又「名利大灰」之後，也漸漸原諒了寶玉，「竟頗能解此，細評起來，也還不算十分玷辱了祖宗。」（七十八回）

七十八回，賈政和幕賓們吟詩，把賈環、賈蘭和寶玉一齊叫了來，乘機測驗他們的筆墨功課。寶玉認爲〈姽嫿詞〉的題目應作長詩才合適，娓娓陳訴原因，「賈政聽說，也合了主意。」竟要寶玉「你念我寫」，父子合作。於是寶玉展出「細心鏤刻」，「風流悲感」的才情，連句之間，賈政「看著笑道：『且放著，再續。』」寶玉卻說，「若使得，我便要一氣下去了。」父子合作，完成了洋洋長詩，念完、寫完後，眾人都稱讚不止。「賈政笑道：雖然說了幾句，到底不大懇切。因說：去罷。」這和十七回論詩景況的緊張是如何的不同，災難即將發生的前夕，父子二人到底是和解了。

寶玉應考後失蹤，家中混亂驚慌，賈政畢竟穩得住，認知寶玉的奇異：

> 大凡天上星宿，山中老僧，洞裡的精靈，他自具一種性情。你看寶玉何嘗肯念書，他若略一經心，無有不能的。他那一種脾氣，也是各別另樣。（百二十回）

只有賈政明白寶玉爲何離走，在故事終結處爲我們歸納寶玉的一生：

> 那寶玉生下時，銜了玉來，便也古怪，我早知不祥之兆，爲的是老太太疼愛，所以養育到今。便

是那和尚道士，我也見了三次：頭一次，是那僧道來說玉的好處；第二次，便是寶玉病重，他來了，將那玉持誦了一番，寶玉便好了；第三次，送那玉來，坐在前廳，我一轉眼就不見了。我心裡便有些詫異，只道寶玉果眞有造化，高僧仙道來護佑他的。豈知寶玉是下凡歷劫的，竟哄了老太太十九年！如今才叫我明白。（百二十回）

賈政見寶玉生；見他長大；見他成婚留子，盡社會責任；見他離開，走完人間旅程。父與子一同啓動庭園，一同終結庭園，父親畢竟舉用「歷劫」二字，驚天動地，總結兒子生命歷程，提醒我們寶玉化爲人身，降生人間的意義。賈政總結寶玉，總結的也是一百二十回的《紅樓》敘述。

中文小說有幾節不朽的段落，《紅樓》的結尾，賈寶玉在細雪中與父親賈政的告別，必居其一。且讓我們試著重述如此動人的這一段：

那天天氣驟然寒冷，落起了雪，船停泊在一個清靜的水岸。賈政打發眾人上岸投帖辭謝，只留一個小廝在船內伺候。

寂靜的艙中賈政寫著家信，寫到寶玉的事，擱下筆，沉入了思索。

棉絮似的雪在船外下著，世界一片白茫茫的。

雪影中的船頭，這時突然出現了一個人，光頭赤腳，身上披著一領大紅猩猩氈的斗篷，向賈政倒身下拜。賈政不能認識，急忙走出艙，想要還揖，那人卻已經拜畢起身。

賈政迎面一看，竟是寶玉。

大吃一驚，賈政問道，寶玉是你麼？那人一句話也不說，顯出像是欣喜又像是悲哀的神情。

賈政又問，要是你是寶玉，爲什麼這樣打扮？爲什麼在這裡呢？

對方正要開口，突然趕來了一僧一道，大聲說，俗緣已畢，還不快走！左右挾持著人，便向岸上奔去。

賈政顧不得腳下地滑，急忙追趕在後。

三人唱著歌，轉過一個小坡，在蒼茫一片的曠野，細細落著的雪中，倏然失去了蹤影。

我們到底明白了「脂批」的警語，賈政之爲人物，「有深意存焉」。是賈政，扶養寶釵母子；是賈政，攜賈母和黛玉等靈柩歸葬南鄉；是賈政，送別寶玉。只有賈政可以撫慰生者，安息逝者，讓離者心安地去了。如果寶玉承盡了愛與哀，賈政擔盡了事和責。

然而賈政依舊爲眾人成立花園，爲庭園子民營造樂園，呵護成長尚未前來敲打大門前的浪漫存在，在生命的不可能的本質中，嘗試人間天國烏托之邦桃花源的可能。寶玉是補天之石，撐支著傾覆了的人間的，也是賈政。難怪在寶玉消失後的終局，他要被小說家留下，持續紅樓本事。有人認爲《包法利夫人》裡，愛瑪的善良老實的丈夫，藥劑師沙勒・包法利（Charles Bovary）開始和結束故事，撐持著愛瑪，貫穿了篇章，才是福樓拜心目中的主角。在曹雪芹和高顎的心目中，是否「有深意存焉」的賈政也才是紅樓述事的主角呢？

第十四篇 夢裡花兒落多少——童年和成長

重視成年，把它放在和童年一樣舉足輕重的位置，賈寶玉和賈政、林黛玉和薛寶釵等之爲對壘而又兼善的人物就能陳展出等量的美德，而園內/園外、聚合/分離、歡樂/悲傷、虛幻/現實等等論題，也能雙邊一齊萌發出飽滿的意義。童年和成年兩大主題涵蓋生命本質、生活全部，它們的互動爲紅樓述事帶來無比的勁力，《紅樓夢》至今仍是中文小說藝術中最完整的一部作品，主因也許就在這裡。

八冊一頁，「眾姊妹進住大觀園 西廂記妙詞通戲語」，敷衍《紅樓夢》第二十三、四回故事。

由賈政在《紅樓》中的位置，來到小說的一個主題，閱讀的重點，**成長**。

在現實生活中，童年和成年雖然常常都糾纏在對立面或矛盾中，卻也是生活的兩個必然或必須相接的階段。可是這成長過程是怎樣的辛苦，成年的出現，每每都意味著童眞的抑制或扼殺。於《紅樓》述事，情況又何其慘重——與童年有關的各種人和事不消滅，賈寶玉不能進入生活的成熟階段，無法擔承賈府事業，更不要說補天的重任了。如果從這樣的角度來讀《紅樓》，前八十回固然寫得好，後四十回接續得也有必要。專家們說高鶚不及曹雪芹，可是後四十回常有精采，尤其在處理成長主題上，八十與四十兩種前後接力，成就了童年／成年主題，和完整的一百二十回小說。如此龐大錯綜的故事畢竟獲得卓然的終結，曹雪芹有知，想必是欣慰的。

重視成年，把它放在和童年一樣舉足輕重的位置，賈寶玉和賈政、林黛玉和薛寶釵等之爲對壘而又兼善的人物就能陳展出等量的美德，而園內／園外、聚合／分離、歡樂／悲傷、虛幻／現實等等論題，也能雙邊一齊萌發出飽滿的意義。童年和成年兩大主題涵蓋生命本質、生活全部，它們的互動爲紅樓述事帶來無比的勁力，《紅樓夢》至今仍是中文小說藝術中最完整的一部作品，主因也許就在這裡。

繡春囊自抄大觀園事件發生時（七十四回），探春對前來搜索的人曾提出警戒——「可知這樣大族人家，若從外頭殺來，一時是殺不死的，這是古人曾說的『百足之蟲，死而不僵』，必須先從家裡自殺自滅起來，才能一敗塗地。」賈府從繁榮走向落敗的原因，元妃病逝、賈府被抄，是外起；自抄大觀園，是探春說的內發。無論外、內，兩種都還屬於物理性質。大觀園凋零，眞正的原因，其實根植在庭園人物自己的身上，它的名稱是「成長」。

成長，也就是從天眞無邪進入世故人情，過程在敘述中有跡可尋。

寶、黛二人童年相遇，第一次出現在故事中，按周汝昌先生考訂，一是七歲，一是六歲，正是兩小無猜的年紀。嬌養在賈母身邊，兩人「親密友愛，亦自較別個不同，日則同行同坐，夜則同息同止，眞是言和意順，略無參商。」（五回）

言語無邪，行爲無邪，愛恨無邪，幾乎無不能用「無邪」來涵蓋兩人共處的時光，例如第八回，寶玉嫌丫頭們戴斗篷時手太粗，黛玉要他過來身邊，給他整理頭髮——

> 黛玉用手整理，輕輕籠住束髮冠，將笠沿掖在抹額之上，將那一顆核桃大的絳絨簪纓扶起，顫巍巍露於笠外。整理已畢，端相了端相，說道：「好了，披上斗篷罷。」

這樣緩慢的文字速度，摩挲在一個細節上，一種雍容而又悠閑的文體出現，幾乎定下了一種基調，再三用來描述寶、黛的互動；例如又有以下幾段——

十八回，黛玉誤以爲寶玉把她送的荷包讓人拿去，氣得鉸剪另一個做了一半的香袋，寶玉忙把衣領解開，從裡露出紅襖的前襟，說，「你瞧瞧，這是什麼？我哪一回把你的東西給人了？」黛玉見這麼愛惜地帶在裡頭，知道自己錯怪了，「又愧又氣，低頭一言不發。」寶玉卻玩笑地說不如這一個也拿回去罷，便把胸前的荷包擲向黛玉。黛玉越發氣起來，邊哭邊又拿起荷包剪。寶玉連忙回身搶住，「笑道：『好妹妹，饒了它罷！』」直要到「寶玉上來『妹妹』長『妹妹』短賠不是。」在來回磨蹭的一種文字中，戲鬧才告一段落。

緊接十九回，黛玉午歇，寶玉來探候，揭簾將黛玉喚醒，歪到黛玉身邊要枕一個枕頭。黛玉見寶玉腮上有一小塊血漬，以爲給誰的指甲劃破了，「便欠身湊近前來，以手撫之細看。」擠在一張床上的寶玉一面躲，一面笑，說是胭脂印子。黛玉「用自己的帕子替他揩拭了」，邊說，「你又幹這些事了。」這時寶玉聞得黛玉袖中一股幽香，「令人醉魂酥骨」，一把將黛玉的袖子拉住，要瞧瞧裡頭攏著是什麼香。黛玉乘機笑諷日前寶釵說自家店中製香的事。寶玉笑著答，「凡我說一句，你就拉上這麼些，不給你個利害，也不知道，從今兒可不饒你了。」說著就翻身起來，對兩手呵了兩口氣，撓向黛玉膈肢窩內。黛玉笑得喘不過氣，「口裡說：『寶玉！你再鬧，我就惱了。』」接著寶玉編了一個小耗子故事。黛玉聽完翻身爬起來，「笑著按著寶玉說：『我把你爛了嘴的！我就知道你是編我呢。』說著，便擰得寶玉連連央告說：『好妹妹，饒我罷，再不敢了！我因爲聞你香，忽然想起這個故典來。』」這一段敘述又是搓磨得甜膩親暱。

寶、黛之間，兩人玩得多麼稚氣，鬧得多麼天眞，果然賈母說他們是「兩個不省事的小冤家！」（廿九回）前三十回小說家每寫寶玉和黛玉共處廝磨，不是讓他們頭頭靠在一起，就是手腳糾纏不清；少年寶、黛的關係是身體／肢體性的，莫非要呈現兩小無猜的貼身親愛。

在文學呈現中，童年自然不拘於實際年齡，它更指向天眞爛漫、清純無邪、誠實善良等言行和精神狀態。由是這裡就開始延用「童年」一詞來牽涉紅樓述事中的純情時光、理想主義，而現實意識、實務活動等，也就用「成年」來概括。

寶玉和黛玉，除了有一樣的年齡，一樣的字體（七十回），類似的體質、氣質，更重要的，還有互通的情懷和鄉愁，心靈的依偎和奉獻。他們天眞無邪，親愛精誠，兩人都是有關童年特質的最佳代表。或者說，在《紅樓》故事中他們兩人爲小說家載負的，正是童年。

於是在緩慢的文字中，悠閑的情節間，日子過得長長的，時間不來催促，兩人不急著長大。從玩伴變成知己。只有黛玉在盛宴中見寶玉離席，知道他去密祭金釧；只有黛玉能與寶玉共悼晴雯；只有兩人並肩偷讀《西廂》、《牡丹亭》，爲之癡迷；只有兩人悲傷花落，感懷春逝；只有兩人互通詩性，而寶玉能在不具名的眾詩中識出黛玉的手筆。

童年在他們身上醞釀聲勢，營造形式；十七回大觀園建成。

賈妃元春省親後的第二年的二月二十二日，十二歲的寶玉和年齡相仿的眾姊妹們一齊搬入園中。這是在廿三回，林黛玉住瀟湘館，薛寶釵住蘅蕪苑，賈迎春住綴錦樓，探春住秋爽齋，惜春住蓼風軒，李紈住稻香村，寶玉住怡紅院，「**登時園內花招繡帶，柳拂香風，不似前番那等寂寞了。**」童年蹣跚從開始行走到這裡而腳步穩定，終於獲得疆土，進入廈宇，開展局面。

花園正式啓用，大家依門而住，同玩耍同學習，廿三回曹雪芹寫他們——

> 正在混沌世界，天眞爛漫之時，坐臥不避，嘻笑無心。寶玉每日只和姊妹、丫頭們一處，或讀書，或寫字，或彈琴下棋，作畫吟詩，以至描鸞刺鳳，鬥草簪花，低吟悄唱，拆字猜枚，無所不至，倒也十分快樂。

卅七回探春發起海棠詩社，寶玉和姊妹們熱烈響應。海棠詩社的出現，把大觀園生活領向一個高峰，庭園兒女以後定期聚會聯詩，彼此督促學習，共度了青春生命中最美麗的一段時光。發起當天，管園植的賈芸恰巧送來兩盆名貴的白色海棠花，因起社名。冷艷的白花婷立在熱鬧的怡紅院。白與紅、冷與熱，小說家使用二元對置，要傳遞怎樣隱密的訊息？如果我們記得，紅艷的梅花也是綻放在妙玉的清冷的櫳翠庵內的。這海棠花以後還會再現兩次。

只是那時詩社成立了，童年凝聚聲勢，正式向世界公佈繁榮的消息。

少年純美，青春歡樂，日子在幸福浪漫無憂無慮中過去，人在不知不覺中長大。

成年的幽靈，耐心地在遠方等待著。

十九回，襲人回家探親，回來誑告寶玉一年後要贖身回家，寶玉聽了發怔，嘆道，「**早知道都是要去的。**」襲人借機很是箴訓了寶玉一頓，一一數落他的「**不喜務正**」，要他第一件，不再說混話，第二件，在賈政面前作出愛讀書的模樣，「**還有更要緊的一件**」，再不可和女孩子們「**調脂弄粉**」。襲人要寶玉「**百事檢點些，不任意任情的就是了。**」數落到三更半夜，弄得自己第二天「**頭疼目脹**」，就是要寶玉做「百事檢點」的大人。寶玉口上答應，依舊隨時「**扭股糖似的**」（廿四回）黏在女孩兒身上。不過成長派遣日夜隨侍的實務派第一名襲人來傳遞消息，自然是選對了信差。人世光陰迅速，寶、黛最先感覺領受，敏銳地呈現在黛玉二次葬花中，第二次尤其深刻（廿八回）。第二次黛玉所作〈葬花詞〉，是中國文學史上的名作，從「**花謝花飛飛滿天，紅消香斷有誰憐**」到「**一朝春盡紅顏老，花落人亡兩不知**」，共五十二句長，詠嘆時空倏忽、生命虛無，專家常有精闢的討論，這裡也就不多說。寶玉當時隱在山坡後，聽見黛玉念出這樣悲傷的句子，不覺慟倒，小說家托依人物，這時有一段對成長的感思：

試想林黛玉的花顏月貌，將來亦到無可尋覓之時，寧不心碎腸斷！既黛玉終歸無可尋覓之時，推之於他人，如寶釵、香菱、襲人等，亦可到無可尋覓之時矣。寶釵等終歸無可尋覓之時，則自己又安在哉？且自身尚不知何在何往，則斯處，斯園，斯花，斯柳，又不知當屬誰姓矣。（廿八回）

黛玉葬花後走開，寶玉在路上攔住她，問她近來為何總躲著他，說到當初二人，「一桌子吃飯，一床上睡覺」，是何等的親密：

我心裡想著：姐妹們從小兒長大，親也罷，熱也罷，和氣到了兒，才見得比人好。如今誰承望姑娘人大心大，不把我放在眼睛裡。

人大心大，「大」字出現了，成長的幽靈趨近花園，遊蕩來園的上空，開始運作影響，使寶、黛之間的關係發生了微妙的變化。

二十九回，寶、黛二人從小「耳鬢廝磨，心情相對」，這時「稍明時事」，心中都存了一段不可說的心事，兩人的「癡病」都要發作了。寶玉這邊，「每每或喜或怒，變盡法子暗中試探。」黛玉那邊「也將眞心眞意瞞了起來，只用假意。」兩人遇見了彼此，虛情和假意相對，「難保不有口角之爭。」寶玉在心裡碎碎瑣瑣地埋怨：「別人不知我的心，還有可恕，難道你就不想我的心裡眼裡只有你！你不能爲我煩惱，反來以這話奚落堵噎我。可見，我心裡一時一刻白有了你，你竟心裡沒我。」而黛玉這邊也旗鼓相當地越發小心眼。

三十回，黛玉夜訪怡紅院，因門不開而氣悶了幾天，又因別人在「金玉良緣」的說法上惹是生非，和寶玉兩人鬧得不可開交。寶玉一個時節上說不出話，不覺滾下了淚，忘了帶手帕，便用身上的新紗衫去拭。哭著的黛玉瞄見，回身將枕邊搭著的一方帕子拿起來，向寶玉懷裡一摔。寶玉接住，偎近前，拉起黛玉一隻手，說，「我的五臟都碎了，你還只是哭。」黛玉卻將手摔了，說，「誰同你拉拉扯扯的。一天大似一天的，還這麼涎皮賴臉的，連個道理也不知道。」

卅一回，史湘雲來賈府玩，和眾姊妹們去賈母處說笑，賈母說「如今你們大了，別提小名兒了。」第卅二回，史湘雲也說「如今大了」，大字一現再現。湘雲認爲「該談講些仕途經濟學問，好將來應酬世務」的時候了，不應「成年家只在我們隊裡攪些什麼！」拒絕長大的寶玉一聽，氣得要請湘雲去別處坐，「我這裡仔細汙了你知經濟學問的。」這時襲人藉勸湘雲消氣，說了一些寶釵比黛玉好的話，寶玉立刻反駁，與黛玉站在同一戰線：

> 林姑娘從來說過這些混帳話不曾？若她也說過這些混帳話，我早和她生分了。

雖然湘雲即刻承認講糊塗話，於寶玉，然而唯有黛玉一人是不同的，「所以深敬黛玉。」

卅二回，因湘雲像寶玉黛玉一樣也帶有寶物麒麟，黛玉暗自擔心湘雲「也做出那些風流佳事」，體貼的寶玉看得見黛玉心中的憂慮，先是瞅了她半天，說「你放心」。黛玉聽了也怔了半天，說不明白。寶玉嘆氣——

> 你果不明白這話？難道我素日在你身上的心都用錯了？連你的意思若體貼不著，就難怪你天天為我生氣了。

黛玉仍舊說不明白這放心不放心是什麼意思。寶玉嘆道——

> 好妹妹，你別哄我。果然不明白這話，不但我素日之心白用了，且連你素日待我之意也都辜負了。你皆因總是不放心的原故，才弄了一身病。但凡寬慰些，這病也不得一日重似一日。

說，「只等你的病好了，只怕我的病才得好呢。」黛玉聽了像是被雷電轟擊了一般，心中湧上千言萬語，卻「半個字也不能吐。」寶玉「心中也有萬句言語，一時不知從哪一句上說起，卻也怔怔的望著黛玉。」兩人這麼無語對望，黛玉落下了淚，回身要走。寶玉卻上前拉住了她，「好妹妹，且略站住，我說一句話再走。」寶玉語無倫次，說，「我也爲你弄了一身病在這裡。」

不過幾時前還纏在一處，這時身體之間有了距離，肢體知道了矜持，語言從無忌童言變成愛的話語，迷惘中的寶玉再說「睡裡夢裡也忘不了你」時，已經是情人的摧人心肝的傾訴和呼喚了。

卅四回，被父親毒打後息養在家，近夜時分寶玉把襲人支使開，遣晴雯送去黛玉自己用過的兩條手帕。黛玉體會出相贈的意思，「不覺神魂馳蕩」，「如此左思右想，一時五內沸然炙起。」於是令人重新掌燈，研墨蘸筆，在帕上走筆寫詩。越寫越「覺得渾身火熱，面上作燒，走至鏡臺前，揭起錦袱一照，只見腮上通紅，自羨壓倒桃花。」勉強上床睡去，黛玉手裡還擁著那貼身寶玉的兩面手帕。

人間的所有的情感中，唯有愛情一件才能帶來這樣銷魂蝕骨的滋味罷（只有妙玉也這麼灼燒過）。如果說成長也有好處，那好處就是把寶、黛之間的友情，點金一般點化成了愛情，而那隻奇妙的點金之指，自然就是小說家的高妙的敘述之筆了。

愛得透心徹骨，愛得顛狂醉迷，愛得生死與共。眞正的愛，無論是哪一種，畢竟是天眞爛漫，傷神又傷心的；曹雪芹必定深深地愛過。

然而成長別有謀計；卅二回，王夫人午睡，寶玉挑逗服侍身邊的金釧，王夫人醒來抽打金釧一記耳光，狠罵了幾句，要人把金釧帶出去，導致金釧投井自盡。在寶玉的成長過程中，金釧事件是關鍵性的。後來寶玉挨父親鞭笞，「淫辱母婢」就是罪名之一。趁寶玉受到管訓，襲人第二次向寶玉叮嚀成長。卅四回，襲人在王夫人面前打小報告，認為寶玉和女孩兒們種種行為早就該管，提出了把寶玉搬出大觀園的建議：「我只想著討太太一個示下，怎麼變個法兒，以後竟還教二爺搬出園外來住就好了。」

王夫人聽了，大吃一驚，以為寶玉「難道和誰作怪了不成？」襲人便又說了一大篇男女有別，授受不親等等：

> 如今二爺也大了，裡頭姑娘們也大了，況且林姑娘寶姑娘又是兩姨姑表姐妹，雖說是姐妹們，到底是男女之分，日夜一處起坐不方便，由不得叫人懸心，便是外人看著也不像。一家子的事，俗語說的「沒事常思有事」，……只是預先不防著，斷然不好。（卅四回）

襲人對王夫人說寶玉只會在女孩兒隊裡廝混，一個不防備，行為落在別人眼裡，話落在別人口裡，「二爺一生的聲名品行豈不完了。」（卅四回）

王夫人聽了這一大番道理，「如雷轟電掣的一般。」接後的大觀園自抄、晴雯被逐等，皆出於王夫人令，都要回溯到襲人和王夫人之間的這一長段對話。襲人的司馬昭之心，被舒蕪先生在《說夢錄》裡統稱為「把寶玉搬出園外的方案」（頁三二八）。

四十二回，黛玉在日前行酒令時，引用了《牡丹亭》和《西廂記》裡的句子，被寶釵捉到腳柄，把黛玉帶到蘅蕪苑訓誚：

> 你我只該做些針黹紡織的事才是，偏又認得了字，既認得了字，不過揀那正經的看也罷了，最怕見了些雜書，移了性情，就不可救了。

嘗試把寶、黛二人從天眞無邪扭轉成通情達理，從性情人變成社會人，如果成年以探春所說的「外頭」擊打著庭園的大門，襲人和寶釵則是從「裡頭」內應得積極。

不過這些人說什麼作什麼，寶玉是都不放在心上的。當寶釵也來規勸他長進的時候，他回應——「好好的一個清淨潔白女兒，也學得釣名沽譽，入了國賊祿鬼之流。……眞眞有負天地鍾靈毓秀之德！」（卅六回）黛玉可從來不曾勸他去做什麼「立身揚名」事，只要身邊有黛玉依賴，於寶玉世界仍可以是依舊的。

五十七回，寶玉看見黛玉的貼身丫頭紫鵑穿得單薄，伸手摸她的衣服，紫鵑連忙責備寶玉，要求從此以後，二人只可說話，不可動手動腳，免得別人見了說閒話，「一年大二年小的，叫人看著不尊重。」警戒寶玉不可再像小時候那樣的隨心任意：

> 姑娘常常吩咐我們，不叫和你說笑，你近來瞧他遠著你還恐遠不及呢。

寶玉聽說黛玉要疏著他，才眞正吃驚，「像是心中給澆了一盆冷水」，一時魂魄失守，流下了淚，「直呆了五六頓飯功夫，千思萬想，舒解不了。」五、六頓飯功夫，那是一直呆到了天黑了。

時光流逝，五十八回岫煙將嫁，寶玉想，「又少了一個好女兒」，而且「再幾年，岫煙未免烏髮如銀，紅顏似槁了」，直對著杏花流淚嘆息。

七十四回，十錦春意香袋事件，大觀園被抄檢，成長過程中，這是發動自園外的一次倫理道德大檢查，成年終於敲開大門，進占場地，向童年迎面脅持過來。七十八回，寶釵爲避嫌而搬出大觀園，王夫人要她搬回來時，寶釵婉言拒絕，解釋搬出的必要：

> 因前幾年年紀皆小，且家裡沒事，有在外頭的，不如進來姐妹相共，或作針線，或頑笑，皆比在外頭悶坐著好，如今彼此都大了，也彼此皆有事。

如今彼此「都大了」，話頭裡，正是成長一事。

海棠詩社因家中發生各種事故而擱起了一段時間，七十回社員重聚，正逢初春桃花盛開，於是改名爲桃花詩社（大觀園畢竟要成爲虛妄的桃花源？），詩性卻已經改變。寶玉念一首不具名詩，盡是悲懷句子，心中明白是黛玉所寫，暗自滾下了淚。

七十六回中秋夜宴，參加人眾減少，景況大不如前，大家強顏歡笑，卻有「淒涼寂寞之意」。人散後，黛玉和湘雲留下聯詩，兩人聯出預告散場的句子：「更殘樂已諼，漸聞語笑寂；寒塘渡鶴影，冷月葬花魂。」

月色近殘，樂聲已緩，人語漸寂，塘水寒噤，鶴影孤掠。葬花魂，也葬詩魂。詩社結束，大觀園面臨解體，蔥鬱燦美的庭園開始失去輝光。寶玉明白終局到底是前來，說：「都要去了，這卻怎麼的好。」（七十七回）

如果七十四回夜搜大觀園是對庭園的一次總查和警誡，七十七回王夫人整頓庭園人事，則是成年直對寶玉撲來。

在王夫人跟前閑人打寶玉小報告，說寶玉「大了，已解人事，都由屋裡的丫頭們不長進，教習壞了。」王夫人一一聽在耳裡，都記在心裡，忍了兩天，親自動手。於是「乃從襲人起，以至於極小作粗活的小丫頭們，個個親自看了一遍。」（七十七回）

正經辦理「咱們家的那些妖精」，王夫人打發了司棋，趕走了晴雯、蕙香，解散了梨香院，親自搜查寶玉的家當，把礙眼的物件一併命人拿到自己房內——「這才乾淨，省得旁人口舌。」王夫人吩咐襲人、麝月等人，「往後再有一點分外之事，我一概不饒。」再給寶玉迎面一擊——「明年一併給我仍舊搬出去心淨。」

童年和成年近距離交鋒，前者哪裡是後者的敵手？寶玉的至寵，被專家們認為與黛玉一人二身的晴雯首先如先鋒隊員一般地壯烈犧牲了。王夫人不得《紅樓》讀者心，莫過於欺負晴雯了。八十回最後一回寫迎春嫁和香菱病，之前發生的晴雯事件遠更重要，如果說曹雪芹以晴雯終結八十回故事，似乎也不為過。可是小說家為何這麼忍心，把晴雯的傷逝過程寫得這樣的悽慘，讓寶玉也讓讀者痛心欲絕？如果《紅樓》故事的確在此結束，那眞是要讓人悲之又悲了。曹雪芹寫完晴雯後，基本上便是擱下了筆，是因爲病體已經不容他再作艱難的構思，還是因爲寫晴雯事如寫自己事，訴晴雯傷如揭自己傷，牽動了自己的衷腸，以至於不堪再提筆？如果晴雯的死讓賈寶玉嘔出鮮血，是否也讓曹雪芹傷心欲絕而去世了呢？寫小說其實是一種頗內傷的活動的。

七十七回，海棠花第二次現身，突然枯萎了半邊，應驗晴雯的萎謝。七十七、七十八兩回寶玉身邊發生大變故；是在七十八回裡晴雯死，而故事來到這時，也已經接續走了司棋、入畫、芳官、齡官等人，寶釵也已搬出園子，迎春雖然還在，連日也有媒人來求親了。寶玉站在園中，數著各個離的離，走的走：「**大約園中之人不久都要散的了。**」只覺樹木花草都淒涼起來。

晴雯去世的夜晚，寶玉在夢中頻頻呼喚她的名字，「**魘魘驚怖，種種不寧。**」小說家在深夜的這時爲我們計數寶玉一路與成年的搏鬥，他歷經了「抄檢大觀園、逐司棋、別迎春、悲晴雯」，一場接一場的戰役，經受著「**羞辱、驚恐、悲淒**」，晴雯一擊最是當頭，第二天他便「**釀成一疾，臥床不起**」。

迎春的勉強婚事到底也是決定了，病癒後，寶玉天天來到紫菱洲一帶徘徊，看見原本是人來人往、「**逞妍鬥色**」的景色，現在只留下了幾個值班的老嫗，軒窗是這麼的寂然，屛帳悄悄的立著，岸邊的蘆葦、洲裡的水草，寥落又蕭索，淒蒼的件件景物，似乎都在追憶著一一離走了的人物。

來到後續四十回，這時大家果眞都長大了，高鶚接下把故事說下去的重任，越不能迴避成長的主題，八十一回開章即寫迎春嫁後被虐待。

寶玉聽到這事，大哭，只覺得長大眞不好，對黛玉說：

> 我想人到了大的時候，爲什麼要嫁……還記得咱們初結海棠社的時候，大家吟詩做東道，那時候何等熱鬧。如今……幾個知心知意的人都不在一處，弄得這樣光景。……這不多幾時，你瞧瞧，園中光景已經大變了。

鄉園暗淡凋零，成年步步進逼，童年趄趄後退；童年得說再見了。在不捨的留連裡，寶玉終將與它告別。同一時間，賈政越覺得不能再放任寶玉「散蕩」下去，要他停止浪費功夫在詩詞上，必須學習經世致用的八股文章，準備考試。賈政親自送兒子去家學念書，跟代儒說：

> 這孩子年紀也不小了，到底要學個成人的舉業，才是終身立身成名之事。

必須「成人」的理由從賈政口中直接道出，以後代儒數次使用「成人」二字，協助賈政提醒寶玉成長的必要，「你父親望你成人懇切的很。」箴訓寶玉，「自古道，『成人不自在，自在不成人』，你好生記著我的話。」（八十二回）

時光流逝，無法挽留，婚嫁就業等事沒人能再延宕避躲。於是迎春嫁（七十九回），探春嫁（一百回），湘雲嫁（一〇六回），一次次都使寶玉癡獃淒楚。如果童年在前八十回享盡風流自在，後四十回則是成年發揮潛力，從耐心等待迅速升級成強勁緊迫的勢力。

八十二回，寶玉被父親逼去上學，好不容易挨到下課，趕著出來，一腳就走到瀟湘館，剛進門，就拍手笑道，「我依舊回來了！」寶玉暫時還能回來，黛玉卻來到門關，終究要走了。

然而黛玉是如此地依依——

只是黛玉雖有萬千言語，自知年紀已大，又不便似小時可以柔情挑逗，所以滿腔心事，只是說不出來。寶玉欲將實言安慰，又恐黛玉生嗔，反添病症。兩個人見了面，只得用浮言勸慰，眞眞是親極反疏了。（八十九回）

黛玉病了，探春在賈母面前提起病情，賈母聽得心煩，說，「林丫頭一來二去的大了，他這個身子也要緊。」（八十三回）

八十九回，賈府爲寶玉準備婚事，黛玉從紫鵑、雪雁兩人密語中竊聽到消息，心灰意冷，立定主意，從此以後有意糟蹋身體，漸漸減少飯食。黛玉不再憧憬，也拒絕妥協，慢性絕食自戕其實是一種抗議：

一天一天的減，到半月之後，腸胃日薄一日，果然粥都不能吃了。……一日竟是絕粒，粥也不喝，懨懨一息，垂斃殆盡。（八十九回）

九十四回，海棠又出異相——西府海棠本應在三月開花，怡紅院的海棠突然在十一月盛開。這是海棠花的第三次現身。賈府正派人士紛紛提出詮釋，必須使異相合理化：

賈母道：「這花兒應在三月裡開的，如今雖是十一月，因節氣遲，還算十月，應著小陽春的天氣，因爲和暖，開花也是有的。」王夫人道：「老太太見的多，說得是。也不爲奇。」邢夫人道：「我聽見這花已經萎了一年，怎麼這回不應時候兒開了，必有個原故。」

實務派平兒私下跟襲人商議——

奶奶說，這花開得奇怪，叫你鉸塊紅綢子掛掛，便應在喜事上去了。以後也不必只管當作奇事混說。

對花樹生出了畏敬，要人加以處理的王熙鳳，是比正統保守人士有危機感的。白海棠在故事中三次現身，尤以這次爲奇異，小說家是否派遣了花的精靈爲另一位警幻天使，頻頻送來警訊呢？就在無端端開花的同一天，果然寶玉遺失了他那塊通靈寶玉。

童年的天國已經淪陷，守護天使折翼、撤退、消失，黛玉寶玉不得不赤手迎接成年，一以死別，一以生離。

只有一個空身是唯一的武器，寶、黛用進入瘋顛來應付。七十六回黛玉和湘雲月夜聯詩，悲愴的最後一句冷月花魂就要出口時，黛玉「猛然」笑起來。爲何「猛然」？眞笑得人毛骨聳然。九十六回，黛玉無意中由傻大姐口裡聽到賈府爲寶玉和寶釵定親，並且計畫也把自己嫁出去，便當時就失去了神志，一路癡迷走著，來到寶玉跟前：

看見寶玉在那裡坐著，也不起來讓坐，只瞅著嘻嘻的傻笑。

黛玉自己坐下了，卻也瞅著寶玉笑。兩個人不問好，不說話，只是互相臉對臉地傻笑著。黛玉說：「寶玉，你爲什麼病了？」寶玉笑著回答：「我爲林姑娘病了。」襲人和紫鵑唬得急忙岔話，兩人也聽不見，「仍舊傻笑起來。」

紫鵑過來攙起黛玉要走時，黛玉站起又「瞅著寶玉只管笑」，紫鵑催促她走，她說，「可不是，我這就是回去的時候兒了。」說著，便回身笑著出來了。黛玉是一直笑著走回了瀟湘館的。（九十六回）寶、黛兩人親愛時，以哭爲多，這裡要別離了，卻都笑了起來，且不止地笑著。

沒有了黛玉和遺失了寶玉的寶玉，如同沒有了靈魂的軀體，那塊通靈寶玉，以及黛玉，莫非就是純情童年的護身之符了。

庭園全盤解構前，寶玉已經迷茫了好一陣子，只會癡笑。賈母見情況不好，要王夫人把寶玉搬過來身邊一起住，跟王夫人解說自己屋裡經卷多，念念可定神，「『你問寶玉好不好？』那寶玉見問，只是笑。襲人叫他說好，寶玉也說好。」（九十五回）襲人說，「如今寶玉若有人和他說話他就笑。」這時的寶玉，已經只會笑了。（九十六回）

賈府安排寶、釵婚事，王熙鳳問寶玉娶林妹妹過來可好？寶玉再「大笑起來」（九十七回）。紫鵑要求和惜春一同修行，寶玉聽了欷欷落下淚。「眾人才要問他時，他又哈哈的大笑。」（一一八回）寶玉的哈哈大笑，笑得眞淒烈，眞悲涼。

明白天眞都是幻夢，所以爲它哭；虛假與生俱來，現實不能扭轉，就置之一笑罷。哭，凡事誠實、堅持、頑抗，還有渺茫的期待；笑，終究得放棄和妥協，全不存指望。從哭到笑，成長過程是多麼的令人無奈和神傷。

童年一路抗抵成年，輾轉迎對，努力應戰，終於在黛玉去世、寶玉成婚的九十七回決定勝負。從結構來說，九十七回標誌了另一個轉折點，在這裡庭園正式崩潰，園外世界再現。

黛玉在園內去世。寶玉失玉，進入顚狂，被賈母遷出了大觀園。寶玉尋黛玉魂不得，招黛玉入夢不能——黛玉怎會去園外呢——而癡癡地在園外等著她，問「林妹妹打園裡來，爲什麼這麼費事，還不來？」（九十七回）終究是在園外完了婚。

在寶釵的引導下，寶玉終究履行了婚姻的責任（九十七回）。婚後仍舊不甘心，卻用「他」（她）對別人稱寶釵。全書敘述中，好像沒見過寶玉這麼把黛玉叫過「他」的。

一一八回，寶釵見寶玉念《莊子》〈秋水篇〉，不以爲然，規勸丈夫過常人生活，參加考試，和寶玉發生直接的衝突。終於在這近書尾的地方，紅樓作者正式提出童年／成年論題，並且借寶玉之口舉用「赤子之心」，爲「童年」確立定義：

那赤子有什麼好處，不過是無知無識無貪無忌，我們生來已陷溺在貪、嗔、癡、愛中，猶如污泥一般，怎麼能跳出這般塵網？如今才曉得「聚散浮生」四字，古人說了，不曾提醒一個。既要講到人品根柢，誰是到那太初一步地位的？

赤子之心，無知無識無貪無忌，回到那太初一般的天眞無邪。寶釵立刻不同意：

你既說「赤子之心」，古聖賢原以忠孝爲赤子之心，並不是遁世離群無關無係爲赤子之心，堯舜禹湯周孔時刻以救民濟世爲心，所謂赤子之心，原不過是「不忍」二字，若你方才所說的，忍於拋棄天倫，還成什麼道理？

「赤子之心」和「不忍」之仁，在《孟子》裡都討論過。〈公孫丑（上）〉裡，孟子說人看見小孩將落入井中，都會油然生出「怵惕惻隱之心」，說明「不忍人之心」是一種天賦本性。而惻隱、不忍之心具有「羞惡」、「辭讓」、「是非」等意識，正是倫理道德的基源。〈離婁（下）〉裡孟子又說，「**大人者，不失其赤子之心者也。**」深廣博大的人，是不會失去孩子一般的天眞純潔的。也就是說，道德意識，倫理責任感和赤子之心並不對立，更不衝突，在一個成熟的人的身上，兩者是同存而並榮的。

孟子的圓融通博，二十歲不到的寶玉和寶釵自然不能及。以天真無邪爲重的寶玉，和以倫理責任爲重的寶釵，都只觸及到孟子的一部分，並且對立化了——二人雖然都在「赤子之心」上發揮，寶玉的定義是天賦自成，寶釵的定義是後天陶煉；寶玉求的是超升，寶釵要的是落實。一個在天上談理想，一個在地上論責任，形成了寶玉老師代儒說的「自在」和「成人」的不兩立。

寶玉的赤子之心中的「無知無識無貪無忌」，的確存在著被寶釵駁斥的「遁世離群無關無係」，由是寶玉舉出了古史中不接受堯讓位的巢父和許由，和相互謙讓不就周王位的伯夷和叔齊，爲「逃大造，出塵網」「跳出塵網」的行動找支援：「堯舜不強巢許，武周不強夷齊。」

寶釵又斥回了他：

> 你這個話益發不是了，古來若都是巢許夷齊，爲什麼如今人又把堯舜周孔稱爲聖賢呢！況且你自比夷齊，更不成話，伯夷叔齊原是生在商末世，有許多難處之，所以才有托而逃。當此聖世，咱們世受國恩，祖父錦衣玉食，況你自有生以來，自去世的老太太以及老爺太太視如珍寶。你方才所說，自己想一想是與不是。

寶釵說的並不錯；寶玉的幸福建立在周圍人的庇護寵愛上。就算不理孔孟大道德，只以對生活的普通常識來說罷，寶玉瀟灑有餘，但也眞是個給寵壞了的不知職責或者「舉業」是什麼的小兒呢。

《紅樓》讀者們常不滿寶釵，以爲她圓滑世故，功利至上。其實寶釵並不庸俗，論起榮華富貴，一樣也是看得「原不過是過眼煙雲」（一一九回），她期待寶玉的，莫非不是擔負起爲子、爲夫的責任，克盡職責，腳踏實地的過日子。如在我們的時代，條件優越的她早就跟這「宅男」免囉嗦，自己去「補天」了。然而小說家究竟是溫厚的，曹雪芹並不諷怨譴責，始終寫寶釵美麗健康、聰穎好學、收斂忍讓、通情達理，也寫襲人性情和順、勤勞忠誠，用滋潤的文筆善待二人——二位成年的渡引者。

寶玉哪是博學擅論的寶釵的對手？「赤子之心」敵不過「不忍之仁」；童年和成年再次交鋒又潰不成軍，寶玉「也不答言，只有仰天微笑。」——寶玉又笑了。

被王夫人褒爲「沉重知大禮」（七十八回）的襲人乘勝夾擊，先是責備寶玉忽略孝道，接著徹底否定了神話的可能：

> 至於神仙那一層更是謊話，誰見過有走到凡間來的神仙呢！那裡來的這麼個和尚，說了些混話，二爺就信了眞。二爺是讀書的人，難道他的話比老爺太太還重麼！

沉鈍的襲人怎能明白，被這番話說得「低頭不語」的寶玉來自天上，他就是輕盈靈敏的神話呢。寶玉終究要與寶釵和解，收拾身心，試著做「不忍」之人，把《莊子》，和別的幾部喜歡的書籍都收了，找出那些應考用的「語錄名稿及應制詩之類」等「正經書」，當眞用功起來。「寶釵這才放了心。」寶玉這邊的赤子之心已經完全敗北了。

出走前，寶玉參加會考，中第七名舉人，並且留下遺腹子，「高魁子貴」（百二十回），完成倫理中國的兩大責任，終究應付了成年的要求。

自從錦衣軍查抄賈府以後，大觀園裡已沒人住。賈政奏請內廷接收，內廷不收，只好把它封鎖起來，寥曠頹廢的園子交給了包勇看守著（一〇八回）。寶玉因失玉瘋顛而被賈母遷出後，不准進園已經好一陣子了。

寶釵生日的一天，寶玉私自離開宴席，來到瀟湘館。

從忘了上鎖的邊門進來，只見滿目荒涼，原本茂盛的花木都已枯萎，亭館的漆色也都斑剝，黛玉心愛的竹林，倒還是那麼一片修茸蒼鬱。

黑暗中寶玉站著，像似看到了什麼，聽見了什麼，對身後跟來的襲人說：

「瀟湘館倒有人住著麼？」

襲人說：「大約沒有人罷。」

寶玉說：「我明明聽見有人在內啼哭，怎麼沒有人？」

是有人在瀟湘館啼哭呢。

啼哭的，是那失去的童年。

廣		告		回		信
板	橋	郵	局	登	記	證
板	橋	廣	字	第	8 3	號
免		貼		郵		票

舒讀網「碼」上看

235-53

新北市中和區建一路249號8樓

印刻文學生活雜誌出版有限公司　收

讀者服務部

姓名：＿＿＿＿＿＿＿＿　性別：□男　□女

郵遞區號：＿＿＿＿＿＿＿＿

地址：＿＿＿＿＿＿＿＿

電話：（日）＿＿＿＿＿＿＿＿　（夜）＿＿＿＿＿＿＿＿

傳真：＿＿＿＿＿＿＿＿

e-mail：＿＿＿＿＿＿＿＿

INK

ISHING

讀者服務卡

的書是：＿＿＿＿＿＿＿＿＿＿＿＿＿＿＿＿＿＿＿＿

：　　年　　月　　日

：□國中　□高中　□大專　□研究所（含以上）

：□學生　□軍警公教　□服務業

□工　□商　□大眾傳播

□SOHO族　□學生　□其他＿＿＿＿＿＿

方式：□門市＿＿＿書店　□網路書店　□親友贈送　□其他＿＿＿

原因：□題材吸引　□價格實在　□力挺作者　□設計新穎

□就愛印刻　□其他＿＿＿＿＿＿＿＿＿（可複選）

日期：＿＿＿＿年＿＿＿＿月＿＿＿＿日

哪裡得知本書：□書店　□報紙　□雜誌　□網路　□親友介紹

□DM傳單　□廣播　□電視　□其他

本書的評價：（請填代號　1.非常滿意　2.滿意　3.普通　4.不滿意）

書名＿＿＿　內容＿＿＿封面設計＿＿＿版面設計＿＿＿

本書後您覺得：

非常喜歡　2.□喜歡　3.□普通　4.□不喜歡　5.□非常不喜歡

對於本書建議：

您的惠顧，為了提供更好的服務，請填妥各欄資料，將讀者服務卡直接寄回或
本社，我們將隨時提供最新的出版、活動等相關訊息。

服務專線：（02）2228-1626　讀者傳真專線：（02）2228-1598

第十五篇 庭園子民

歷盡人世無情，肌骨已被撕扯，手腳都流著血，小說家在書寫藝術裡經營自救的可能。他召喚女媧，借神話的力量從殘缺中錘鍊出賈寶玉，切磋補天之石的晶瑩，營造美麗的花園，像「脂批」說的「秉刀斧之筆，具菩薩之心」，讓溫柔精秀的心靈在這裡獲得護佑和安寧。

二冊六頁，「王夫人聞報接遠親」，敷衍《紅樓夢》第四回故事。

據說共工誤觸不周山，導致天塌地陷，四極九州崩裂，洪水氾濫，大火延燒，妖魔獸禽肆虐，人民陷入水深火熱中。爲拯救蒼生女媧擔當起補天的任務，歷時九天九夜，煉出三萬六千五百零一塊五色石頭，又歷時九天九夜，用其中的三萬六千五百塊完成了工作。她再斷鰲足立四極，殺黑龍濟冀州，積蘆灰止淫水，重新撐起了天和地。

補天石中有一塊特別晶瑩，女媧便將它留下，讓它等待新的機遇，接受重大的任務。

肌骨已被撕扯，手腳都流著血，盡歷世間無情，小說家呼喚女媧，求得這塊補天之石的幫助，以脂批說的「秉刀斧之筆，具菩薩之心」，在書寫中鑿礎精神，自救救人，筆墨抵達終點的時節，畢竟讓奇石昭顯身份和作用——

百二十回，賈雨村犯案定罪後遇特赦，回家的路上，在一個「急流津覺迷渡口」重遇甄士隱。同回的前一個時辰，也是在一個渡口，寶玉已經向父親賈政告別了。甄士隱這一位預言載負者，消失了幾乎是小說的全長時間，曾經爲我們開說故事，現在再出現，爲我們終結故事：

寶玉，即「寶玉」也。那年榮、寧查抄之前，釵、黛分離之日，此玉早已離世。一爲避禍，二爲撮合，從此夙緣一了，形質歸一。又復稍示神靈，高魁子貴，方顯得此玉那天奇地靈鍛鍊之寶，非凡間可比。前經茫茫大士、渺渺眞人攜帶下凡，如今塵緣已滿，仍是此二人攜歸本處，這便是寶玉的下落。

浴天火而生的「天奇地靈」是頑強的，挺受過「夙緣」一一的「鍛鍊」後，賈寶玉到底是完成了人間歷煉。

黛玉的愛太悲涼，寶玉的愛卻是寬宏的。從天上落下人間，寶玉承受的深重，給予的豐厚，也許只能用宗教的「銜哀泣血拜苦路，亦步亦趨登聖境」，或者大悲難成就大菩薩才能比擬。讀紅樓寶玉的

16. 蕭雲從 (1596－1673)《女媧》
23.2 x 26厘米　清初刊本

身世，實不下於讀一部菩薩傳或神徒紀行。或者感受又比宗教性的更親切，更動人；比他們寶玉要親愛太多，因爲寶玉屬於人間我們，他就是我們心中的精誠的童年。

我們的世界，戰爭不曾停止過，爭權奪利總是在發生，異端和弱者被欺凌，物質耗費，生態破壞，精神流離失所，各種各樣的損害摧殘進行在每一個角落。人受教於歷史或記憶有所領悟而改變的能力是非常有限的，越向前走越有經驗，似乎災難就越多越複雜，以至於很多方面此時的黑暗都不下於彼時的黑暗。這還只是外在的世界。人性中的貪婪嫉恨、虛僞欺騙、背叛出賣等等，與本性俱來；生命的起滅和虛無，更是無法左右不能避免的軌道和本質。外在的天或勉強還能改造吧，內在的天，這樣的充滿了遺憾和缺陷，是怎麼也修補不了的。

而寶玉來到我們之間，稟賦著日月的精神，遍承了華林的悲涼，知其不可爲而爲之的賈寶玉，用他的愛和捨，應允了神話的可能，給予了我們在那裡重生的機會。

【跋】

致謝

在認識中國古典文學上，我是很後知後覺的。

一九五、六〇年代的少年，對傳統中國大多充滿了反感，習外文的我自然也不例外，在文學方面，認為傳統中國小說，包括了《三國志》、《紅樓夢》、《西遊記》等，不過都是些忠孝節義、才子佳人的東西，又寫得囉里囉唆，實在沒什麼好看的。

要到年長後，因課業才接近傳統小說。這一接近，卻讓人驚訝而慚愧，不得不驅策自己一本本細讀起來。記得第一次讀《紅樓夢》是個暮春的晚上，竟不覺夜寒而一頁頁地看下去，鳥鳴聲裡才驚覺天都亮了。或許是緣分終於到來了吧，這一拿起，幾乎就不再放下。手邊的書架上，從此《紅樓》也就和《包法利夫人》、《追憶逝水年華》等置放了在一起。

十五篇寫在一九九三年，發表在還是瘂弦主編的《聯合副刊》上，第一位讀者自然是松棻。歲月如箭如梭地過去，生活也經歷了一些虛虛實實類似紅樓故事的故事，現在集為一冊；三年前出版一事本已議訂，因圖錄太麻煩對方在答應後又退卻了，倒是意外給了我一個機會，把原來近四萬字的篇幅修增成現在的七萬餘字，還大量添加了年畫部份的附圖。所謂塞翁失馬，反應該感謝對方才是的。

圖錄需要尋找、收集、整理、編目等等，工作確實很繁瑣，複製版權費也不便宜，現在此書有這樣的面

容，雖然離完備還有一段距離，卻也花費了不少精神和時間，在此要跟陳奐廷先生、楊維女士、林鴻禧先生、彭小蓮女士、阿敏女士，台大總圖書館的蔡碧芳女士、劉雅姿女士，二樓櫃檯耐心教我用掃瞄機的工讀生們，台文所的富閔、薇雅、琪婷、維玲、婉婷，紐約大學東亞研究系的文嘉、慶玲等說聲謝謝，他們在提供資料、借閱、複印、掃瞄、傳送等各方面都分別給予了不同的協助。更要謝謝《印刻》初安民先生不惜投入人力和物力，麾下的江一鯉女士、丁名慶先生、施淑清女士、林麗華女士的不懈的耐力，到底讓這本《拾花入夢記》齊整地出現了。

紅樓圖錄

清乾隆五十六年（一七九一）和乾隆五十七年，萃文書房用活字版先後印製紅樓夢，首次在書中添插繡像人物，由是開啓紅樓圖繪藝術，至今而不止，民間畫家和精英畫家都喜歡以紅樓人物和情節為題材，繪製了無數精美有趣的作品。以下選取的是十八世紀末至二十世紀初的一些代表作。

壹

乾隆五十六年（西元一七九一年）「程甲本」《紅樓夢》

這是最早的《紅樓》圖繪，以木活字排印，共廿四幅（此處選十六幅）。每幅半頁圖畫，半頁題詞，線描工整，格局豐滿，人物身份由服飾、姿勢和配景決定，臉上常帶有一種隱約的微笑。這早期作品的刀筆鐫刻痕跡明顯，但是刻板中有一種拙趣，處理方式也為後來者奠下了基礎。

●石頭

●賈氏宗祠

●寶玉

●黛玉

●史太君

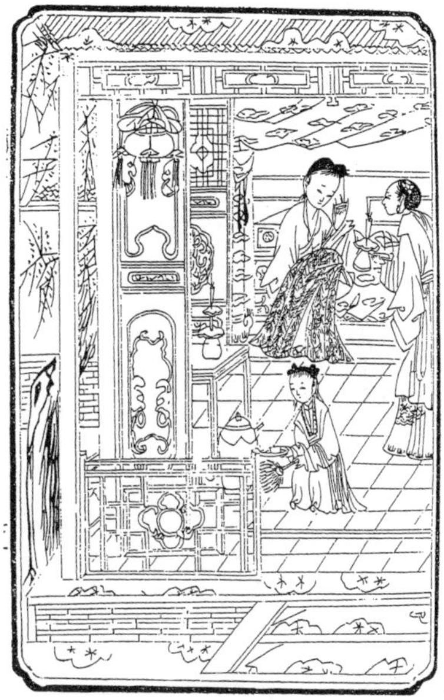

●晴雯

●惜春

●妙玉

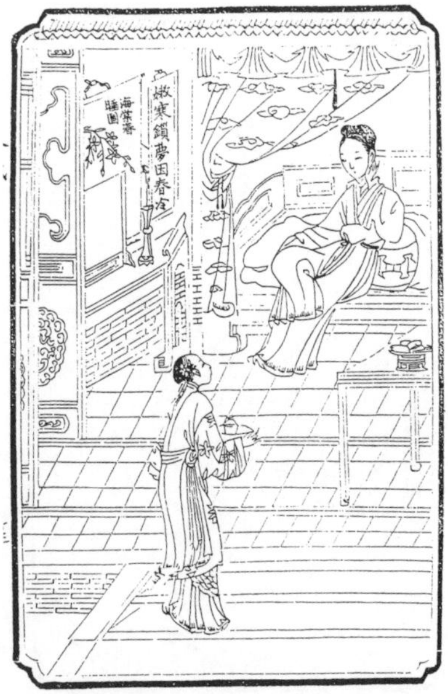

●秦氏

●元春

●薛寶釵

●王熙鳳

●李紋 李綺 邢岫烟

●香菱 襲人

●尤三姊

●僧道

貳

嘉慶三年（一七九八年）
仲振奎填詞《紅樓夢傳奇》

仲振奎（一七四九～一八一一）泰州人，別號紅豆村樵，清代戲曲作家，是將《紅樓夢》改為戲曲的第一人。乾隆五十七年（一七九二）寫成《葬花》一折，嘉慶二年（一七九七）作全本《紅樓夢傳奇》。《紅樓夢傳奇》卷首有林黛玉和晴雯二幅人物畫像。其中林黛玉荷鋤的一幅被公認是史上第一幅黛玉葬花圖。以後的葬花圖都不出這一原型。

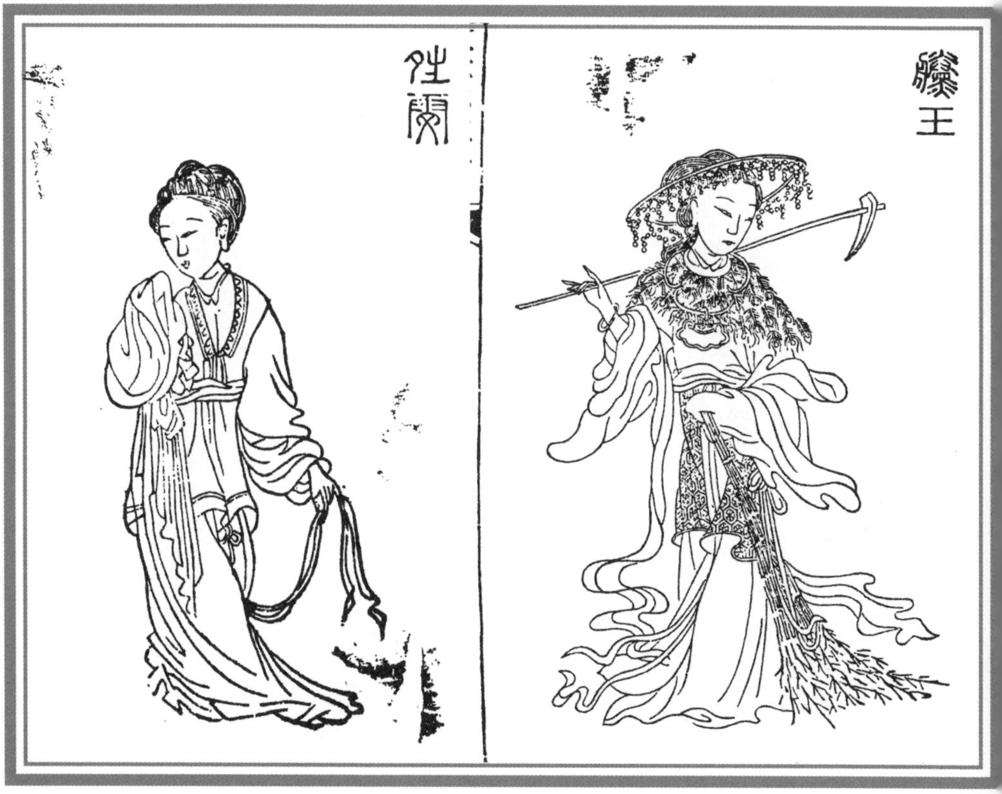

黛玉葬花

參

嘉慶二十年（一八一五年） 吳鎬填詞《紅樓夢散套》

吳鎬，字荊石，號荊石山民，太倉人，清代戲曲作家。著有《荊石山房散文集》，和用於昆曲清唱的《紅樓夢散套》十六折。

圖繪《紅樓夢散套》共有十六套本，每套有二圖，並屬一幅構圖，以連接的正、背二圖來描述一個情節。例如「歸省」，正頁先示賈母率賈政和邢夫人拜見回家省親的賈妃元春部份，再以背圖續畫女孩兒們和賈寶玉跟隨侍宴部份。另「警曲」，正頁示賈寶玉一人讀《西廂》，背頁示黛玉進場，且在左上角示梨香園練曲。正、背頁相接而成一幅圖畫。

●歸省

●警曲

寄情

葬花

訴愁

● 焚稿

肆

道光十二年（一八三二年） 王希廉《新評繡像紅樓夢全傳》

王希廉（一八〇五～一八七六），清代《紅樓夢》評點家，自號「洞庭護花主人」。《新評繡像紅樓夢全傳》共六十四幅。每幅正頁畫人物，背頁畫花卉，習性相互映對，例如林黛玉對靈芝草，秦可卿對海棠花，賈寶玉對紫薇等，別具心思，內中道理耐人尋味。

此本構圖特別簡約，線條靈秀，造型輕盈美麗，在通俗中見雅緻，有多幅難得的佳作。阿英在他的《紅樓夢版畫集》中稱此版：「在紅樓夢插圖裡，是屬於圓潤婉秀的一派。人物的構圖魅力多姿，輕盈纖小，著墨不多，自具一種吸引人的力量。」

部份圖上附題取自《西廂記》，只寫出一句說詞，例如晴雯頁是「虛名兒誤賺我」，尤二姊頁是「游絲牽惹桃花片」等，竟出奇地貼切；《紅樓》與《西廂》二種話本小說和版鐫一齊運作，突顯了民間藝術的生動。

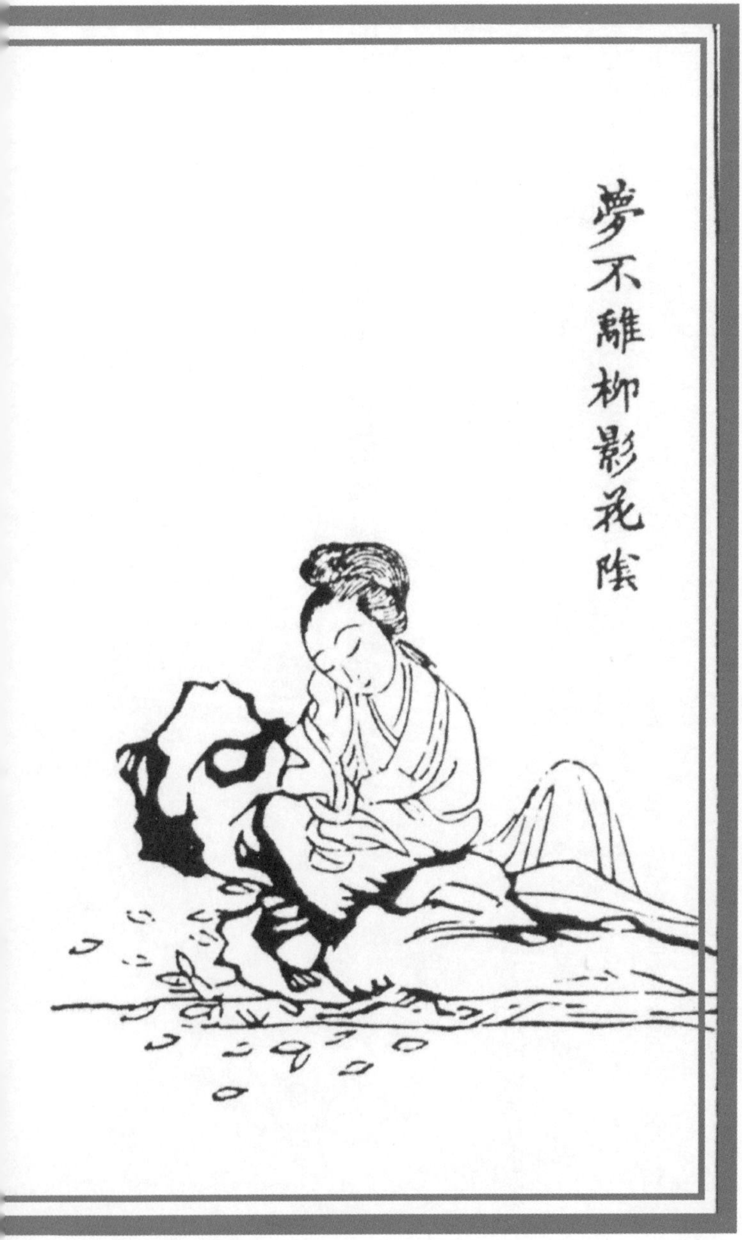
夢不離柳影花陰

●史湘雲

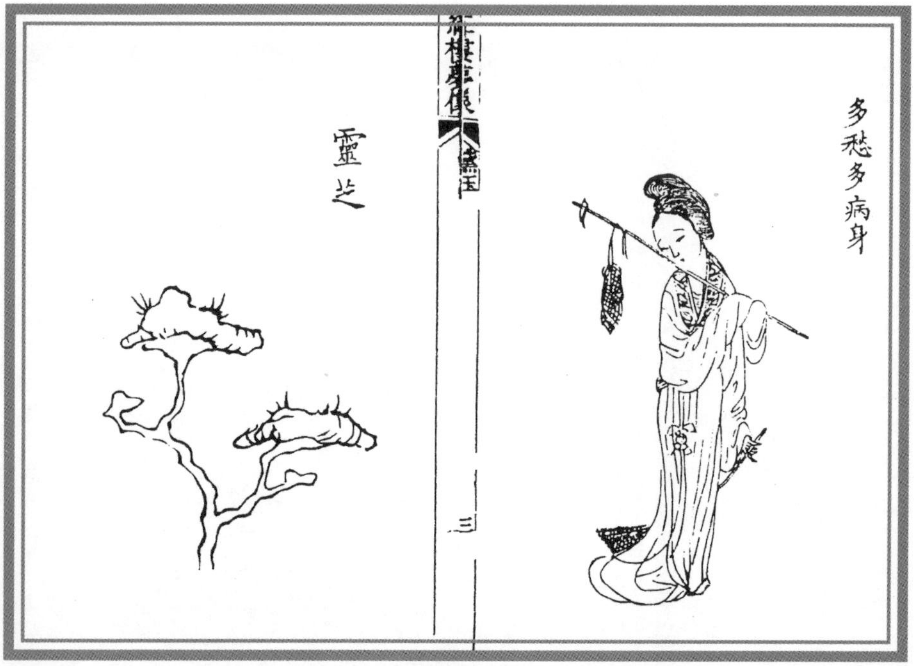

黛玉

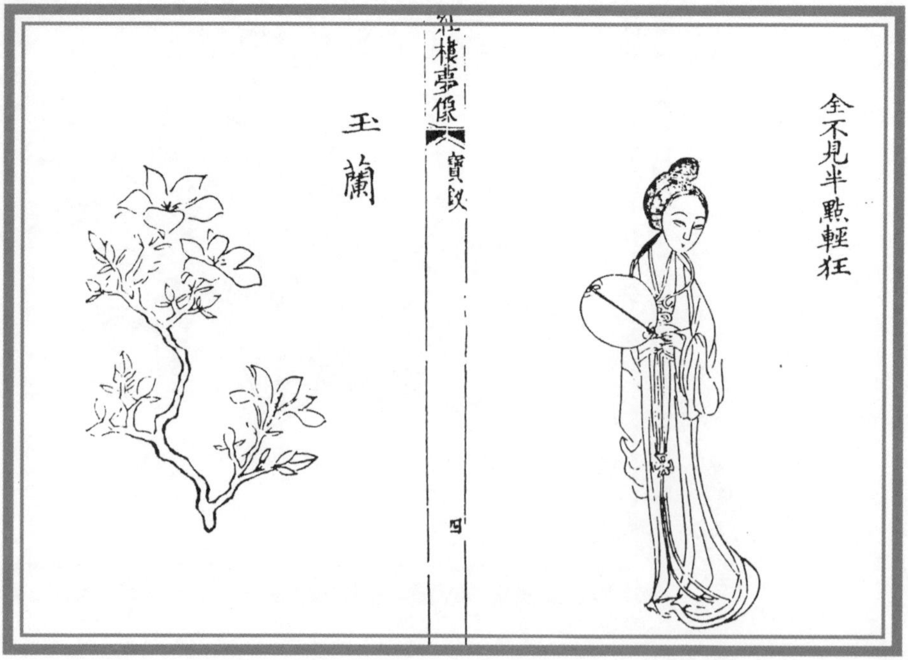

寶釵

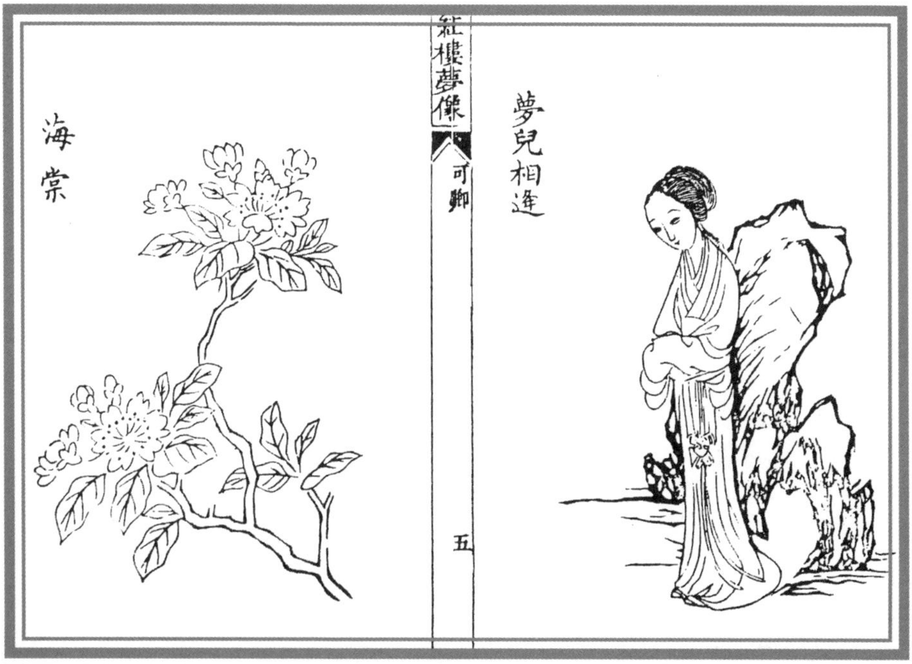

●可卿

●元春

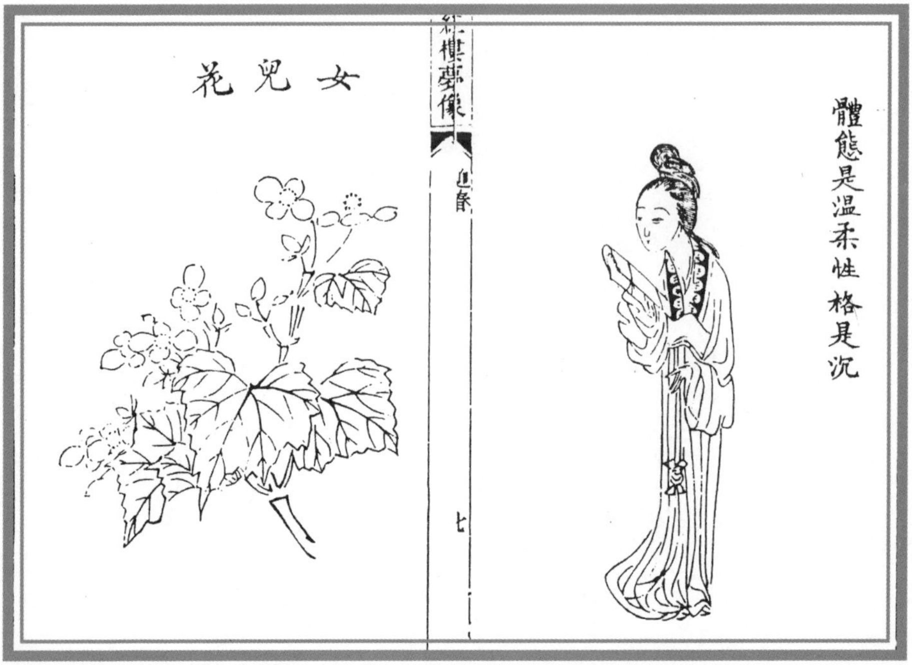

●迎春

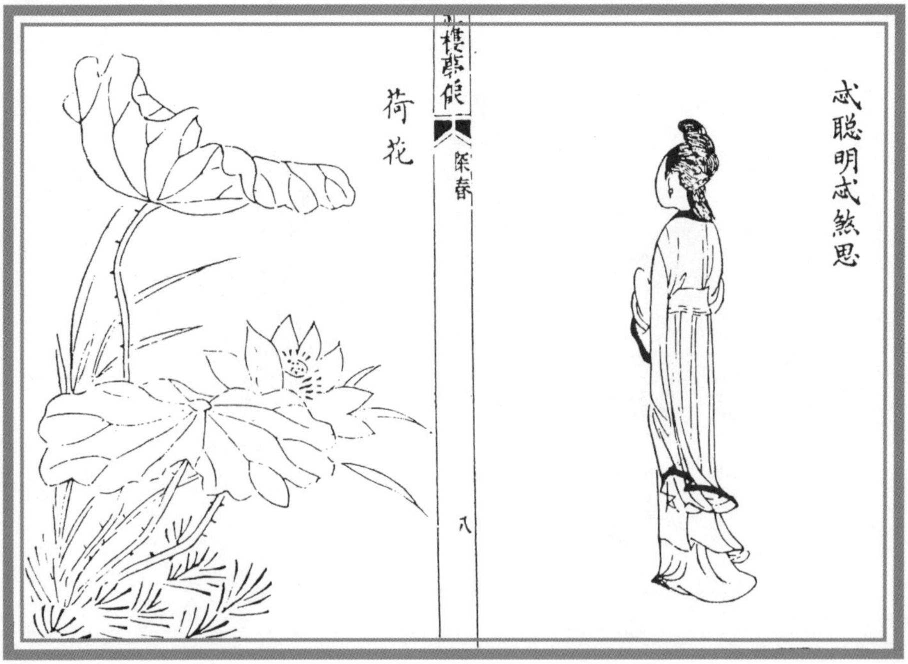

●探春

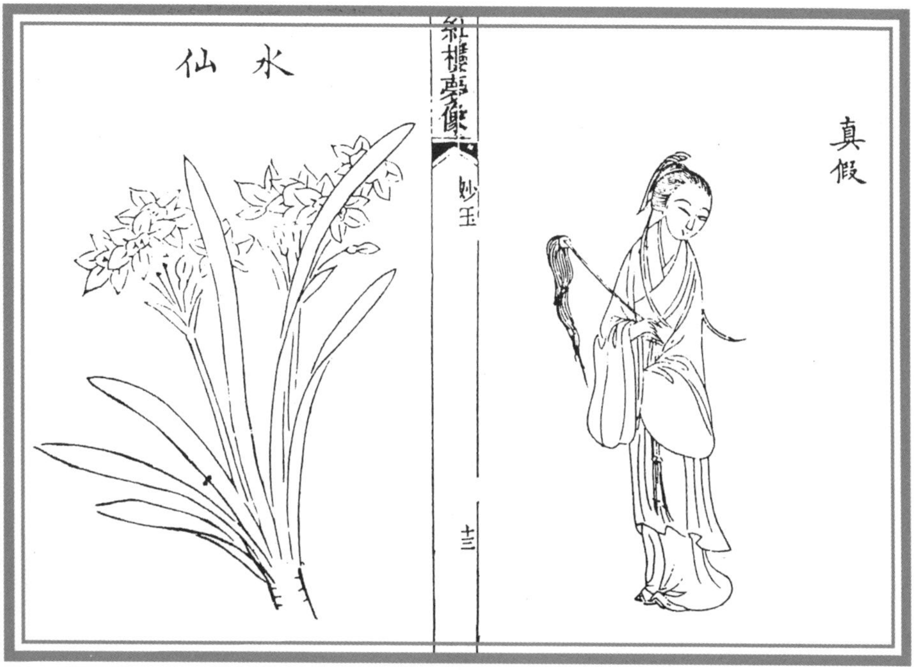

●妙玉

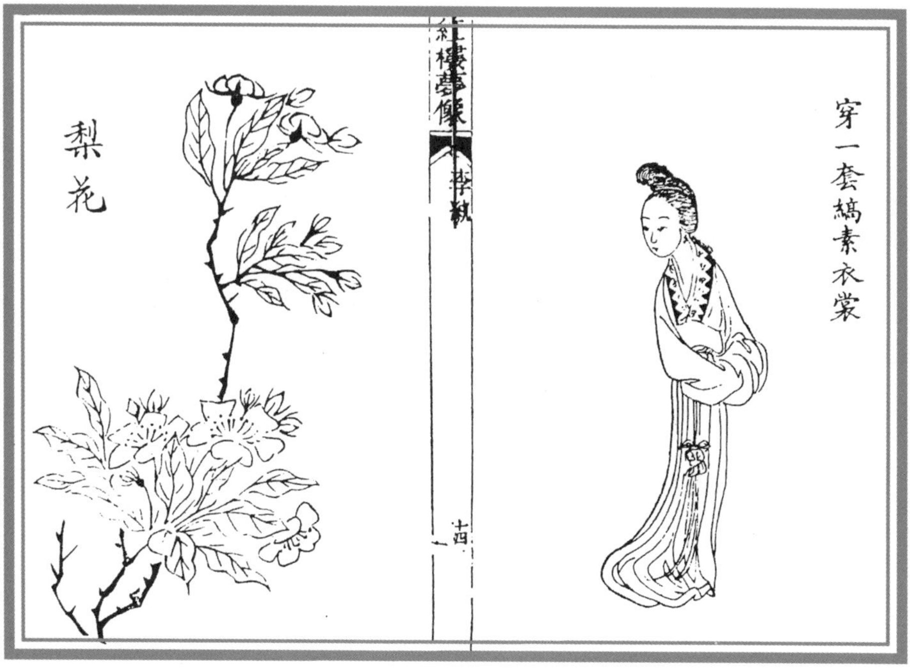

●李紈

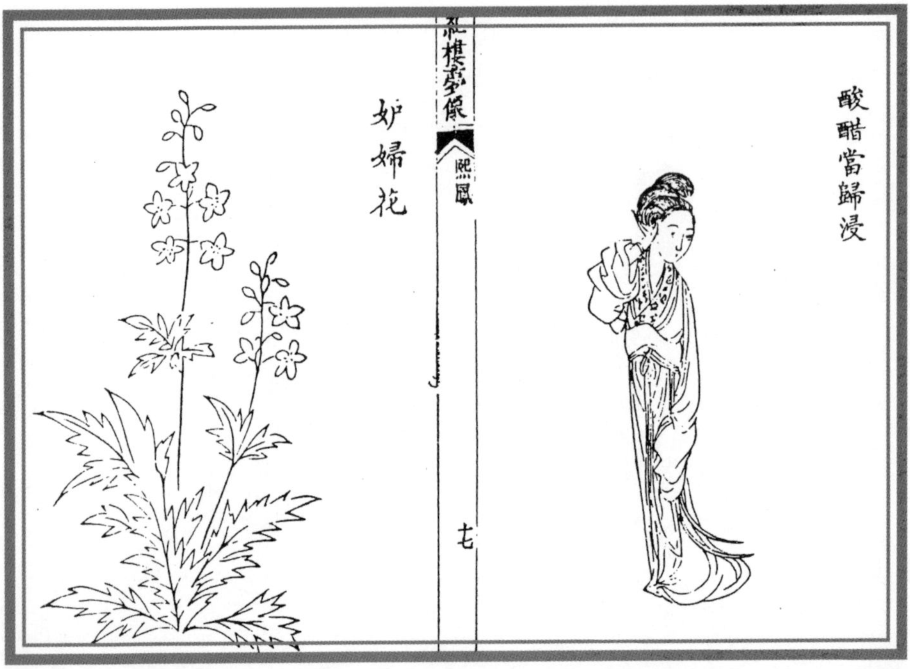
酸醋當歸浸
紅樓夢像
熙鳳
七
妒婦花

●熙鳳

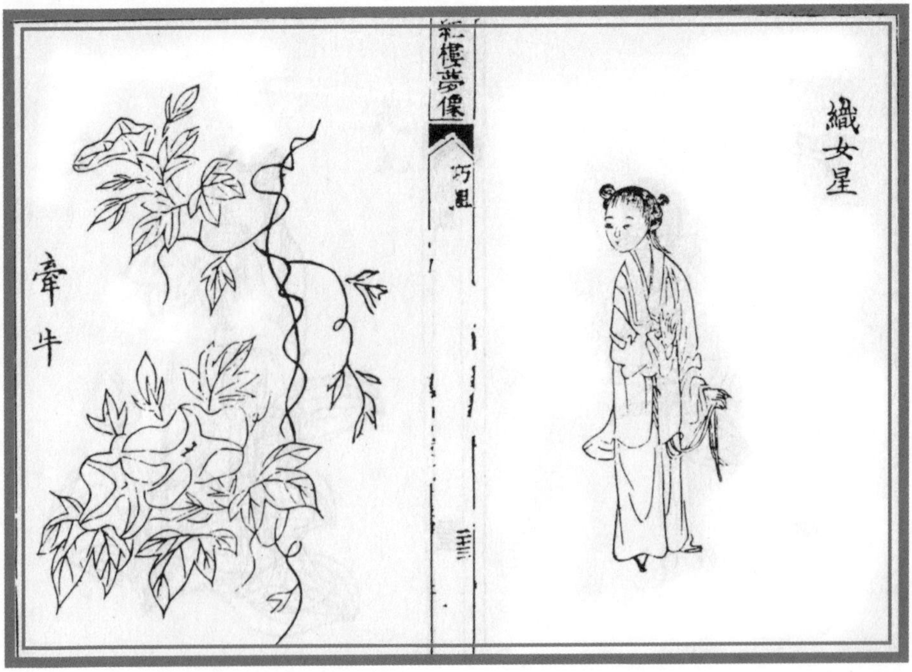
織女星
紅樓夢像
巧姐
牽牛

●巧姐

● 惜春

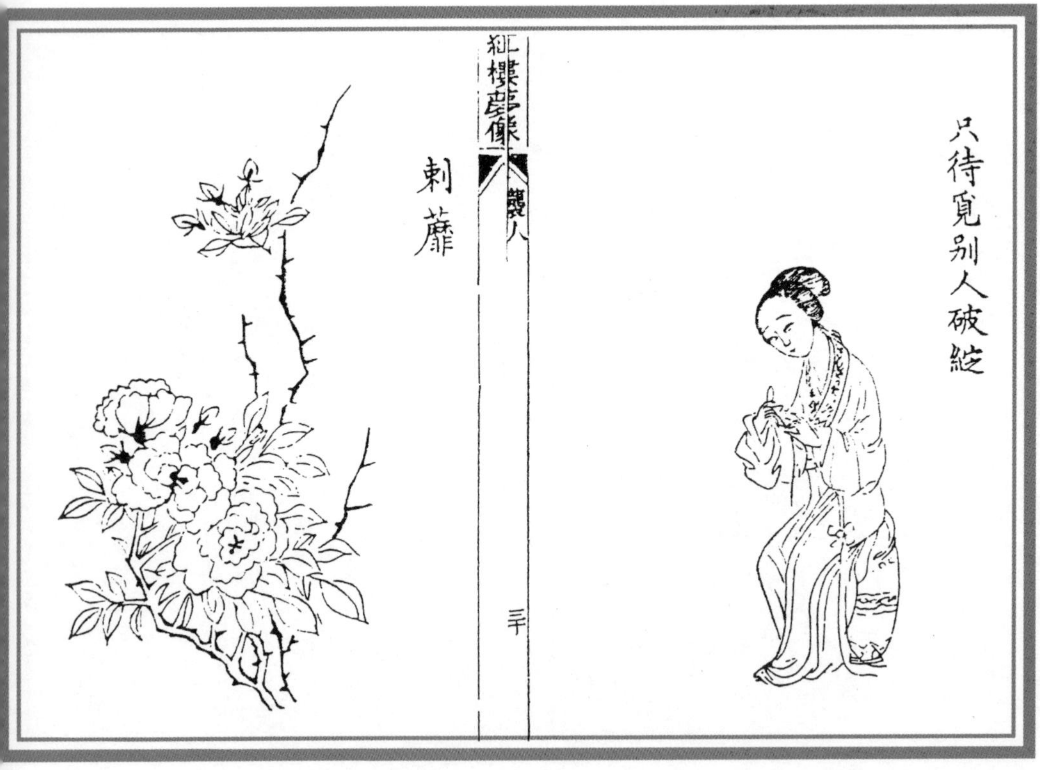

襲人

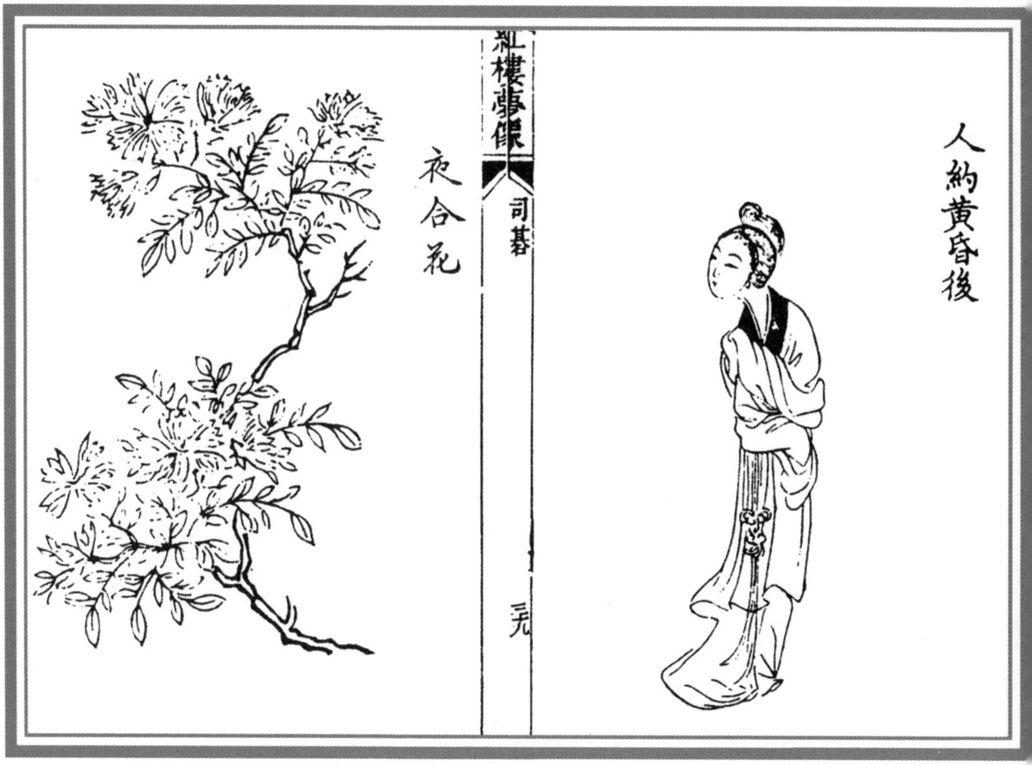

●司碁

伍

光緒五年（一八七九年）改琦《紅樓夢圖詠》

紙本墨色，25.4×19.7厘米，南京博物院藏

清末最著名的仕女畫家改琦至少有三種圖繪紅樓留世：《紅樓夢圖詠》、《紅樓夢圖》、《紅樓夢臨本》，其中以《紅樓夢圖詠》五十圖最著稱。專家們按題詞年代推斷，認為此繪本的首次出現應不晚於嘉慶二十一年（一八一六），坊間翻印的常是光緒五年（一八七九）的版本。

改琦（一七四四～一八二九），清末松江人，字香白，號七薌、玉壺山人等。原本是西域回族人，居住在上海松江，除人物畫外，也擅長山水、花卉等。人物肖像方面深受明代唐寅（一四七〇～一五二四）、仇英（約一五〇九～一五五一）影響，用筆柔韌，設色雅緻，造型清秀。

以文人畫家的訓練來畫插圖，改琦自然與眾不同，《紅樓夢圖詠》採取了傳統白描繡像的筆法，運筆細勻勁秀，在柔軟綿長中透露著潔淨典雅的氣質，線描的功力是一般圖繪紅樓沒有的。刻師刀下體現了改琦線條的特質，使《紅樓夢圖詠》不但成為古今圖繪《紅樓》中的精品，也是十九世紀人物畫的代表作之一；此後紅樓人物圖像莫不出改七薌紅樓人物典型。

中國書店在一九六〇年代搜求到《改七薌紅樓夢仕女》，二〇〇九年複製出版。此本共有三十九幅圖，絹本設色，保持了線畫本線條的遒韌，增添了色彩的潤麗。

柳眉細眼、懸膽鼻、櫻桃口、長頸削肩，這種纖美的女子形象由改琦而達到呈現的高度，蔚為風氣，成為十九世紀中國女子美的標準。

以下附圖，黑白均出自《紅樓夢圖詠》，彩色均出自《改七薌紅樓夢仕女》。

警幻

黛玉

黛玉

寶玉

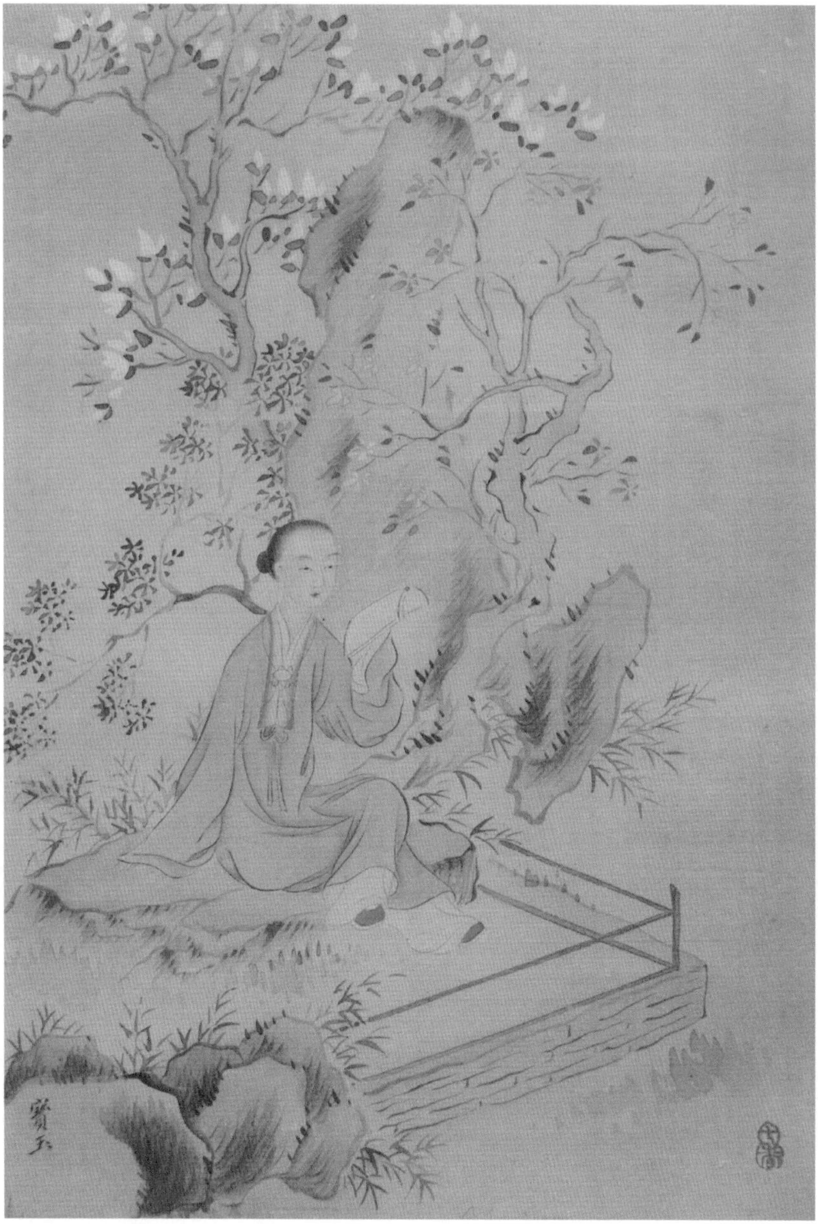

寶玉

賈薔

齡官

元春

探春

賈蘭

秦鐘

北靜王

甄寶玉

智能

碧痕

麝月

春燕 五兒

●史湘雲

●齡官

●寶釵

●妙玉

巧姊

迎春

鴛鴦

李紈

●寶琴

●可卿

●晴雯

●芳官

●平兒

●鶯兒

●襲人

●紫鵑

●小紅

●柳湘蓮

●薛蝌

●蔣玉菡

陸

道光二十一年（一八四一年）費丹旭《十二金釵圖》

絹本設色，20.3×27.7厘米

費丹旭（一八〇二～一八五〇），字曉樓，今浙江吳興人，擅長美人圖和「傳神寫照」（即肖像畫），山水方面學習清初王翬（一六三二～一七一七）。在柔軟的線條和雅麗的色調上尤其受益於清花鳥畫家惲壽平（一六三三～一六九〇）。

費丹旭擅作補景人物，和改琦有很多風格相同的地方；在仕女畫上，改琦娟秀，費丹旭柔媚，二人並稱「改費派」而著稱於十九世紀畫史。

道光二十一年（一八四一），四十歲的費丹旭應蘭汀先生邀請而繪製《十二金釵圖》冊頁。墨筆勾皴，淡彩暈染，每頁畫人物一人，起坐在山石、樹木、房舍間。山水線條纖秀工整，人物姿色婀娜，紅唇點得尤其嫵麗。清秦祖永（一八二五～一八八四）在《桐陰論畫》中稱費丹旭的補景仕女「香艷中更饒妍雅之致，一樹一石，雖未能深入古法，而一種瀟灑之致頗極自然。」

今日《十二金釵圖》部份人物的臉面和衣裙上出現斑駁的黑點，是因為白粉內的金屬成分因日久而氧化返鉛的緣故。

改琦和費丹旭筆下的女子輕盈，嬌柔，羸弱，風靡清末嘉靖、道光年間（一七九六～一八五〇），成就了時代美人的標準形象，影響力見在仕女畫中，也見在民間各種繪畫中。很多在江浙一帶生活的藝術家，例如余集（一七三八～一八二三）、顧洛（一七六三～約一八三七）、吳友如（約一八四〇～一八九三）等，都從事類似的畫法，民間畫師更以為典型。

熙鳳踏雪

李紈讀書

惜春作畫

秦可卿太虛幻境

迎春理妝

巧姐避居劉姥

寶釵捕蝶

黛玉葬花

元春才選鳳藻宮

妙玉品茶

寒塘鶴影

湘雲醉臥芍藥叢

柒

汪惕齋《手繪紅樓夢》

十二釵冊頁，十二幅，杜春耕先生收藏

汪圻（一七七六～一八四〇），號惕齋，安徽旌德籍，生於江蘇揚州。擅長仕女人物，以工整秀致著稱。

此本《手繪紅樓夢》為杜春耕先生藏；見《汪惕齋手繪紅樓夢粉本》，北京中國書店仿真彩印本，二〇〇四年出版。

第一幅《瀟湘館春困發幽情》，取材於小說第二十六回；第二幅《薛寶釵羞籠紅麝串》第二十八回；第三幅《晴雯撕扇》第三十一回；第四幅《情悟梨香院》第三十六回；第五幅《秋爽齋偶結海棠社》第三十八回；第六幅《品茶櫳翠庵》第四十一回；第七幅《寶琴立雪》第四十九回；第八幅《晴雯補裘》第五十二回；第九幅《壽怡紅群芳開夜宴》第六十三回；第十幅《放風箏》第七十八回；第十一幅《寒塘渡鶴影》第七十六回；第十二幅《雙玉聽琴》第八十七回；第十二幅畫右下角鈐有「惕齋」二字朱印。

瀟湘館春困發幽情

薛寶釵羞籠紅麝串

撕扇子作千金一笑

綉鴛鴦夢兆絳雲軒

秋爽齋偶結海棠社

櫳翠庵品茗

琉璃世界白雪紅梅

勇晴雯病補雀金裘

壽怡紅群芳開夜宴

群釵放風箏

寒塘渡鶴影

雙玉聽琴

捌

孫溫《全本紅樓夢》

43.3 × 76.5 厘米，旅順博物館藏

孫溫，清嘉慶年間人，生平不詳。《全本紅樓夢》絹本工筆彩繪畫冊共廿四冊，二三〇幅圖，上題「七三老人潤齋孫溫」，此本幅面之廣、規模之大、人物之衆多，樓台亭閣、花卉樹石、舟車轎輿、飛禽走獸、鬼怪神仙等之詳盡，場面之華麗熱鬧，都是空前的。

以「石頭記大觀園全景」開篇，此本起用簡單的西洋透視法和寫真技巧，在描繪細密，筆線工整上接近傳統界畫，色調鮮艷上近青綠重彩。幅中常見用樹石、房舍、雲朵等來界分單元、調度空間，在同一畫面描述相關或不相關的故事，例如二冊九頁，並置「賈寶玉初試雲雨情」和「劉老老投奔周瑞家」兩個情節，或者十四冊一頁，畫面左邊畫柳湘蓮入空門，中畫夢境，右畫尤三姊劍刎，表現「情小妹恥情歸地府，冷二郎心冷入空門」的內容，製造了視覺上的興味。

據稱孫溫和曹雪芹家有關連，因此只願畫到前八十回，不願再畫下去。就畫風來說，前八十回和後四十回顯然有所不同；前八十回比較精密，常在例如室內擺飾、掛簾地毯等細處費力。後四十回比較概略化和誇張，例如人形變大，五官線條勾勒比較粗顯，正好應對了小說前八十回曹雪芹原著和後四十回高顎續篇在書寫風格上的不同。

第五冊「賈政遊大觀園」有連續十三幅之多，是一個主要的題目。

賈政遊大觀園景一

賈政遊大觀園景二

賈政遊大觀園景四

賈政遊大觀園景三

賈政遊大觀園景五

賈政遊大觀園景六

賈政遊大觀園景八

賈政遊大觀園景七

賈政遊大觀園景九

賈政遊大觀園景十

賈政遊大觀園景十二

賈政遊大觀園景十一

賈政遊大觀園景十三

賈寶玉初試雲雨情，劉老老投奔周瑞家

情小妹恥情歸地府，冷二郎心冷入空門

玖

清人,《大觀園圖》

紙本,設色,縱137×橫362厘米

北京中國歷史博物館藏

《大觀園圖》,晚清作品,一九五五年出現在北京范文齋書畫店,為北京中國歷史博物館購得。以蓼風軒、蘅蕪院、凹晶館、牡丹亭、凸碧山莊五種建築為主景,以池水和樹木等連接構局,描畫紅樓文會、宴席、閑樂等景象,在一張畫面上,不分敘程的凝聚了好幾齣主要故事。

全圖有人物一七三人，除寶玉外，皆是女子。寶玉出現七次。寶玉和黛玉二人並肩出現二次。

一、畫幅右側爲「蘅蕪院」，繪第三十八回「薛蘅蕪諷和螃蟹詠」：

a **薛寶釵的蘅蕪院院內正舉行詩酒文會。**

華廳正中設紫檀條案，黛玉伏案提筆，寶玉與衆姊妹圍坐觀看。廳內陳設青銅等器物，背牆懸掛山水條屏，兩側几架列書函卷冊。廳外庭園中有芭蕉、拳石、盆景等。丫鬟們在廊道上忙碌侍候。

b 黛玉提筆；寶玉坐畫面左側，凝神注視；姊妹們坐畫面右邊圍觀。

二、右數第二棟樓宇爲「凹晶館」：

a 花牆前並肩站著賈寶玉和林黛玉。

b 樓外庭園裡再現賈寶玉。

三、畫面正中偏左爲「蓼風軒」，繪卅七回「秋爽齋偶結海棠社」：

建築外層正面匾額書惜春住處「蓼風軒」三字，裡層匾額書探春住處「秋爽齋」。正中台階有女子牽小兒走下，應是李紈和賈蘭。左右敞殿上各置一桌，各圍繞著衣著華麗的女子。左桌衆人中有一少年男子，頭戴束髮嵌寶紫金冠，穿紫色長袍，站在衆女子們背後觀看，是賈寶玉。此處畫「秋爽齋」結海棠詩社的情節，主要人物有探春、寶玉、寶釵、黛玉、李紈、迎春、惜春七人。

四、畫幅左側，繪第三十八回「林瀟湘魁奪菊花詩」、第六十二回「憨湘雲醉眠芍藥相」，和第八十一回：「占旺相四美釣游魚」：

a **左側亭榭相連，有牡丹亭、藕香榭、紫菱洲。**

衆人聚坐在一張紫檀條案旁，黛玉伏案提筆，寶玉與衆姊妹凝神圍觀，描繪的情節是史湘雲聽到寶玉等七人在秋爽齋結海棠詩社後，吟詩二首附和，並且第二天在「藕香榭」設酒宴，邀請賈母、薛姨媽、王夫人、寶玉及衆姊妹們飲酒品茶吃螃蟹。當時衆人作菊花詩，大家公評黛玉〈詠菊〉第一。

b

湘雲眠芍，描繪第六十二回「憨湘雲醉眠芍藥相」。

牡丹亭的欄杆前，太湖石旁石凳上臥有史湘雲；時值寶玉生日，正巧和寶琴、平兒與岫煙生日同一天，於是大家在芍藥欄的紅香圃中設宴慶祝。席間不見了湘雲，遍找下發現她酣睡在僻處一角盛開的芍藥花叢中。

c

睡湘雲左側石橋上，寶玉和黛玉再次並肩出現。

d **水池對岸，畫幅的中央，描繪第八十一回：「占旺相四美釣游魚」。**

池中有蓮花，對岸白石欄後一女子雙手持魚竿，左側一人籠袖觀望，右側二人搭背站著，另有小童三人，衆人都聚神望著水面。四美是探春、李紈、李綺、邢岫煙。

五、畫面上方偏右，繪第七十六回「凸碧堂品笛感淒清，凹晶館聯詩悲寂寞」：

石階蜿蜒向上，引出山頂古松圍抱的華廈，扁額書「凸碧山莊」。這是中秋賞月的際會，賈母率衆人坐桌前，廳外桂花樹下一女子坐吹笛。

拾

《紅樓夢版刻圖錄》

江蘇廣陵古籍刻印社藏本，王佳（？）畫；汲古齋叢書二〇〇二年複製。此集界畫基礎嚴謹，線條準確，單點透視和空間多層次深入結構受西洋影響。

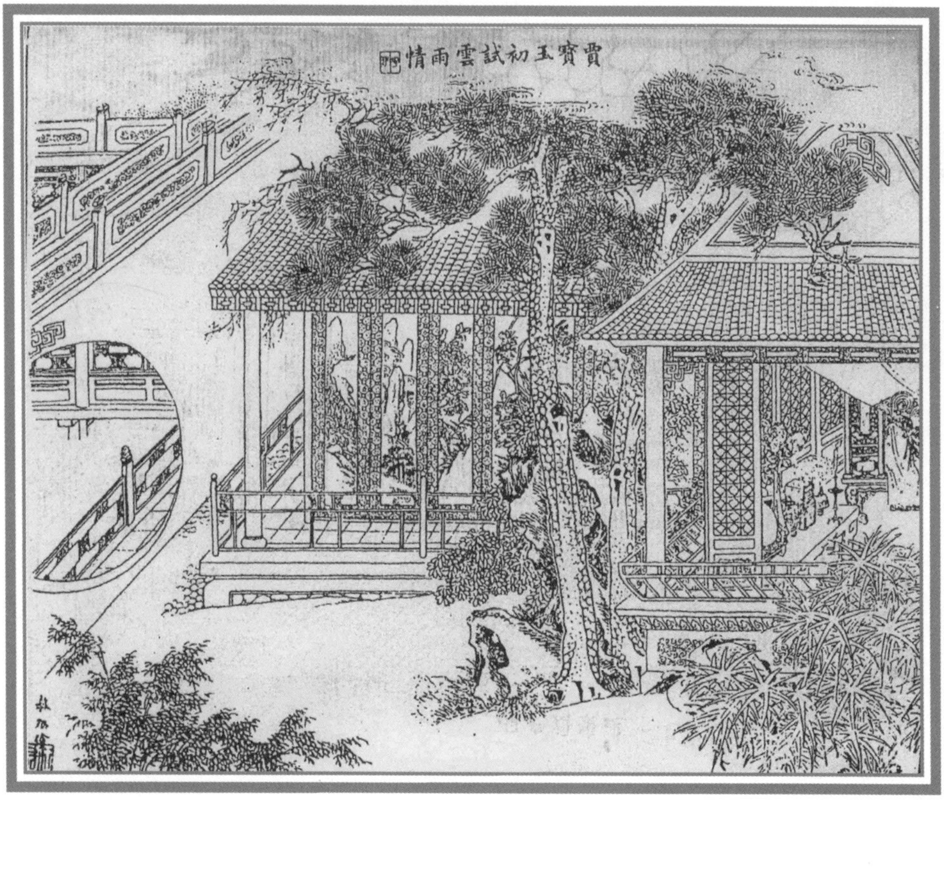

賈寶玉初試雲雨情

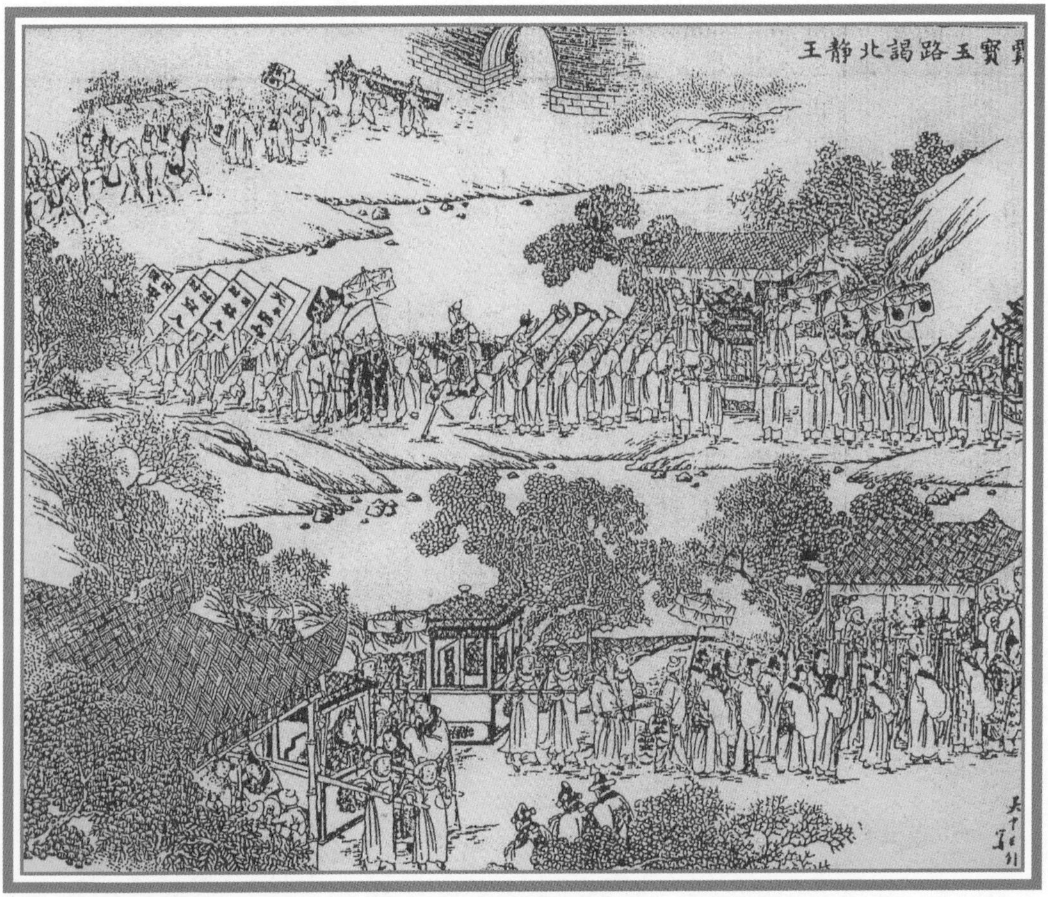

賈寶玉路謁北靜王

甄士隱夢幻識通靈

慶壽辰寧府排家宴

拾壹

吳友如《紅樓金釵》

吳友如（?～一八九四）是中國新聞畫的先鋒，清末元和（今江蘇吳縣）人，擅長人物肖像。清光緒十年（一八八四）在上海主繪《點石齋畫報》，所畫新聞時事等，題材包括了世界大事、域外風情、中法戰爭、中日之戰、清末腐敗政治，到民間傳聞趣事、上海市民生活百態等等，用詼諧刺諷的手法反映時代。光緒十六年（一八九〇）又創辦《飛影閣畫報》，名噪一時。

《紅樓金釵》用傳統白描線條畫紅樓十二女子，以山水、舟車、庭宇為背景。女子形貌纖弱，追隨了改琦、費小樓仕女風格。

巧姐

元春

黛玉

寶釵

探春

迎春

湘雲

惜春

李紈

熙鳳

秦可卿

妙玉

拾貳

年畫

年畫是中國自古以來就有的一種民間繪畫種類，繪製目的和敬畏自然、崇拜神祇、迎春祈福等有關，歷代發展下來有各種不同的名稱，清光緒年間正名為年畫。

明清時期年畫發展興盛，各地形成作坊，有蘇州桃花塢、天津楊柳青、山東楊家埠、河北佛山、四川綿竹等，因環境和習俗不同，在色彩、構圖、造型和功用方面，各坊都現出在地特色，深受民間喜愛。清乾隆時期年畫製作到達了一個高峰。

年畫題材從日常生活、民間故事、神話傳聞、時事，到山水、花卉、人物等無不包括。劇目、小說方面，《三國》、《水滸》、《西廂》、《紅樓》等都是常現的題材。《紅樓夢》的各種膾炙人口的節段在楊柳青年畫中尤其表現得出色。

傳統年畫多用木版刻印，單色或複色點套，有時再加手繪填彩等，大致經過畫稿、构線、木刻、製版、印刷、人工彩繪等手續。因紙張大小、工序和加工程度而有不同的名稱，例如使用整張紙印製的叫「貢箋」，一紙三開的叫「三裁」，有「橫三裁」、「直三裁」等，長幅的叫「條屏」，填描細緻的叫「畫貢箋」、「畫三裁」，加金粉的叫「金貢箋」、「金三裁」，春、夏製作的叫「青版」，秋後的叫「秋版」等，各種成品精美處不輸菁英繪畫，或更具有庶民生活氣息。以下選取的是其中一些代表作。

1a 〈大觀園〉畫線版 116 x 70 厘米 廣曾戴記畫店製 天津楊柳青 天津博物館藏
圖繪大觀園景致和主要人物。

火
康增藏記

1b〈大觀園〉套色版印筆繪 112 x 59 厘米 廣曾戴記畫店製 天津楊柳青 王樹村藏

紅楼梦

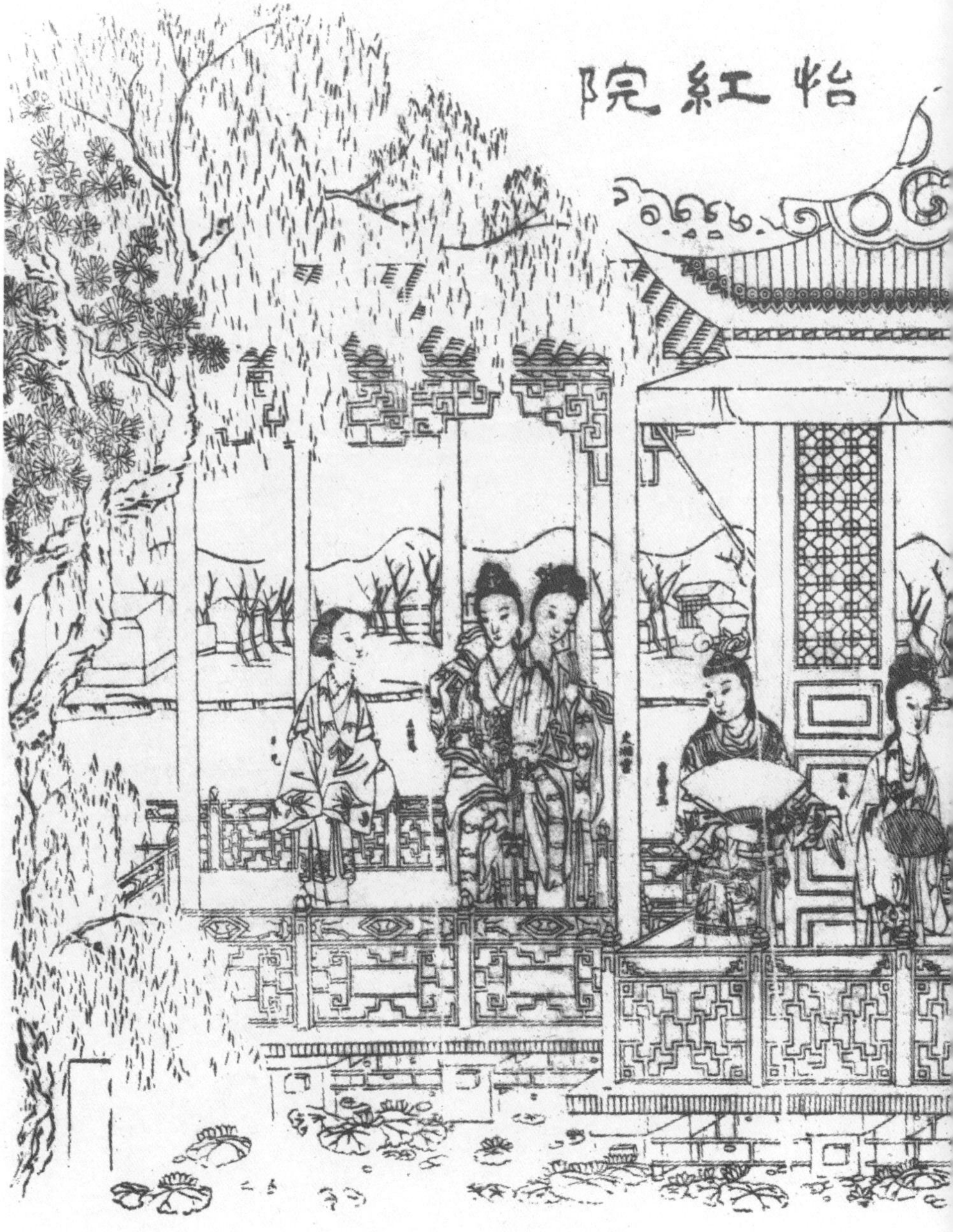

2a〈怡紅院〉套色版印　天津楊柳青

圖寫賈寶玉與平兒、王熙鳳、史湘雲、探春、寶釵、襲人、晴雯、黛玉、秋紋、迎春、惜春等十二人同遊於居處怡紅院水榭。

2b〈紅樓夢 怡紅院〉套色版印筆繪 112 x 64 厘米 天津楊柳青
繪怡紅院內，寶玉和眾姊妹們聚會；左有史湘雲、王熙鳳、平兒，右有探春、寶釵、襲人、晴雯、黛玉、秋紋、迎春、惜春。

3〈省親大觀園〉套色版印筆繪 天津楊柳青
繪第十八回賈妃元春省親。

4〈元妃省親〉清末 48 x 94 厘米 天津楊柳青
繪十八回〈賈元春歸省慶元宵〉；賈府設宴迎皇妃賈元春，眾人歡度元宵節。

史太君
王夫人
賈寶玉
林黛玉

5〈瀟湘館〉39 x 27 厘米 天津楊柳青 李福清先生藏
繪第二十六回，湘館春困發幽情：寶玉被父親責打成傷，痊癒後來到瀟湘館前，在碧紗窗旁聽見黛玉在內嘆息。畫中右為寶玉和黛玉，左為紫鵑。

6〈瀟湘館〉三裁 套色版印筆繪 47 x 24厘米 天津楊柳青
繪第二十六回，湘館春困發幽情（解說見圖 5）。

7〈繡鴛鴦〉三裁 27 x 47厘米 山東楊家埠
繪第三十六回，寶玉被父親賈政狠打後在怡紅院養傷。釵、黛分別前來探望。寶釵到時，寶玉在熟睡中，寶釵坐在身旁，繡襲人留下的鴛鴦戲水圖案肚兜，被後到的黛玉看見。

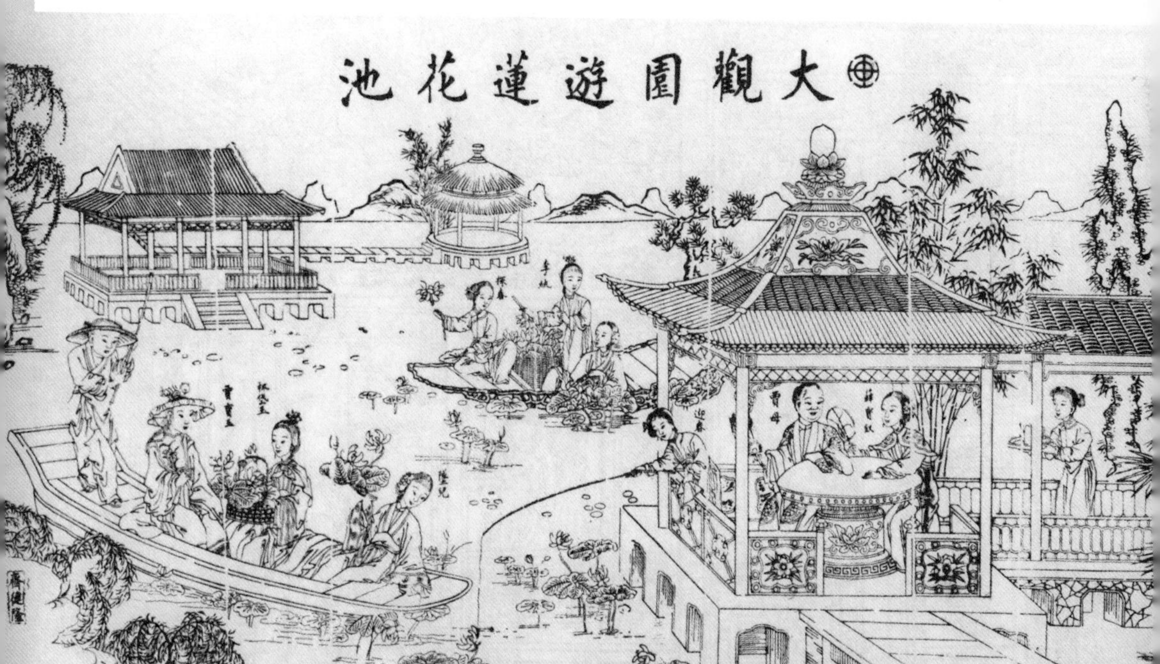

8 〈大觀園遊蓮花池〉畫線版 114 x 62 厘米 天津楊柳青
繪第四十回，史太君兩宴大觀園：賈母率眾人遊湖。賈母坐亭中觀賞，寶釵在旁為之搖扇，迎春垂釣，舟中有黛玉、寶玉等，李紈、探春採蓮。

9〈藕香榭喫螃蟹〉套色版印筆繪 104 x 57 厘米 天津楊柳青 蘇聯地理學會藏
繪第三十八回 ，蘅蕪諷和螃蟹詠：史湘雲邀請眾姊妹們，在藕香榭設宴飲酒品茶作詩吃螃蟹。

瀟湘館
秋爽齋
李紈
探春
史湘云
惜春
王夫人
盛興畫

10〈牙牌令圖〉57 x 104厘米 套色版印筆繪 天津楊柳青 蘇聯地理學會藏

繪第四十回，史太君兩宴大觀園　金鴛鴦三宣牙牌令；劉姥姥攜版兒來看王熙鳳，賈母設宴款待，席間鴛鴦翻牙牌傳酒令，眾人行令吃酒，並且有意捉弄劉姥姥。畫中有八面大屏風，上書全部詞令。

了鴛鴦道湊成便是一枝花劉老老兩手比
著說道花兒落了結個大倭瓜衆人齊聲
鬨堂大笑
盛興主人題
鴛鴦道中間三四綠配紅劉老老道大火燒
了毛毛虫衆人笑道這是有的還說
你是本色鴛鴦道右邊么四真好看
劉老老道一個蘿蔔一頭蒜衆人又笑
李紈
寶玉

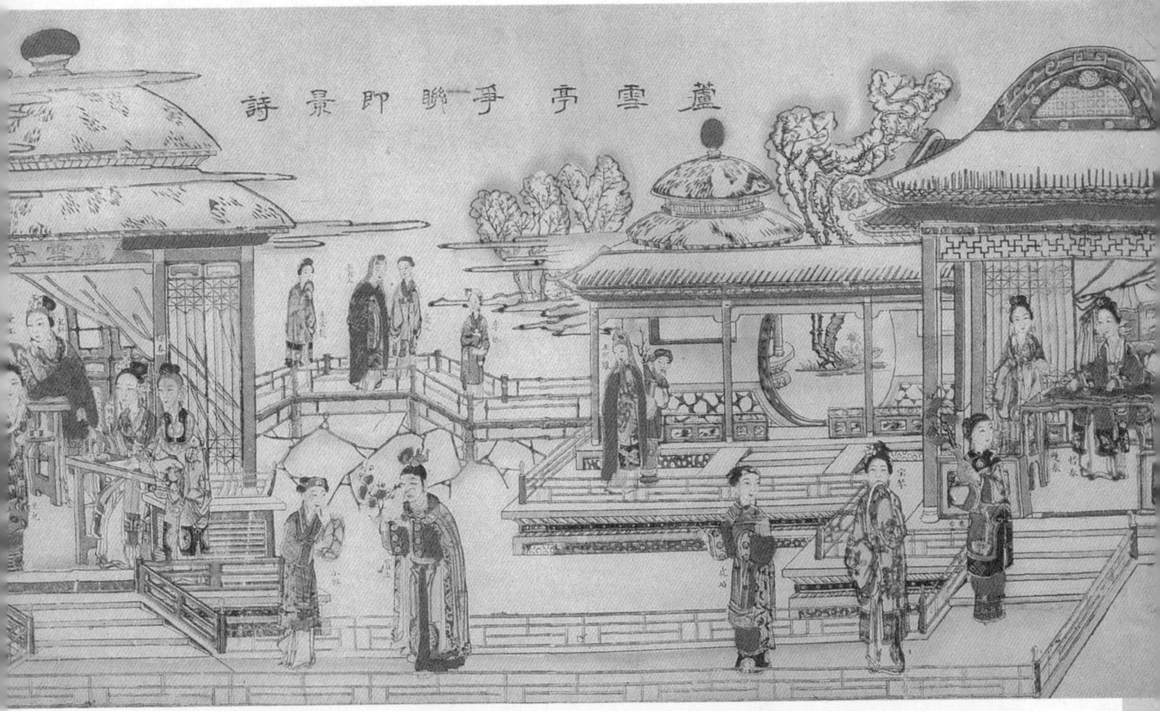

11〈蘆雪庵爭聯即景詩〉97 x 54 厘米 天津楊柳青 莫斯科國家東方民族藝術博物館藏
繪第五十回，蘆雪庵爭聯即景詩 暖香塢雅制春燈謎：賈府迎新歲，在蘆雪庵賞冬景，在暖香塢制燈謎。

12〈紅樓夢〉套色版印筆繪 58 x 31 厘米 莫斯科國家東方民族藝術博物館藏
繪第五十回，大觀園人物在蘆雪庵藕香榭賞雪聯詩，寶玉落後，被罰至妙玉櫳翠庵折梅花來。

14〈紅樓夢美人聯句瀟湘館〉套色版印筆繪 清末 106 x 54厘米 伊爾庫茨克州藝術博物館藏
繪第七十回，林黛玉重建桃花社　史湘雲偶填柳絮詞；黛玉寫桃花詩，建桃花詩社替代前海棠詩社；眾人物在瀟湘館聯詩。

13〈寶琴折梅〉套色版印筆繪 清末 41 x 35 厘米 天津楊柳青 莫斯科國立普希金造型藝術博物館藏

繪第五十回，蘆雪庵爭聯即景詩，薛寶琴披鳧靨裘，帶一丫鬟折紅梅來，眾人讚寶琴如仇英〈雙艷圖〉中美人。

15〈林黛玉重建桃花詩〉112 x 64 厘米
繪第七十回，林黛玉重建桃花詩（社）。（解說見圖 14）

16a〈紅樓夢慶賞中秋節〉套色版印筆繪 108 x 59 厘米 清光緒 齊健隆畫店製作 天津楊柳青
繪第七十六回，賈母領眾人在凸碧山莊慶中秋，眾姊妹擊鼓傳花、飲酒、聽笛。

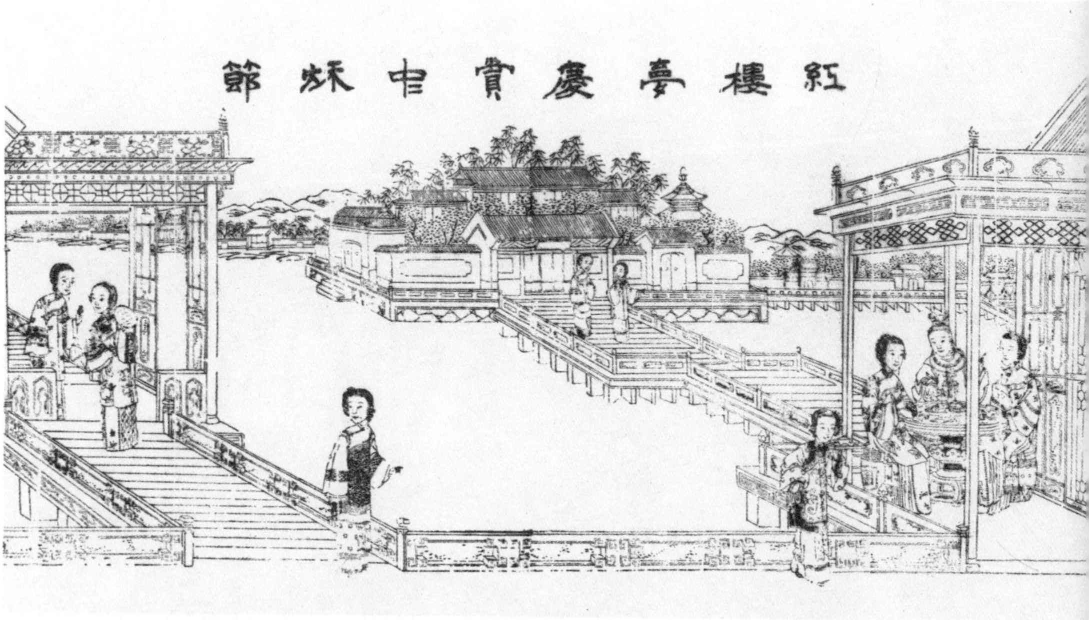

16b〈紅樓夢慶賞中秋節〉畫線版 114 x 62 厘米

17a 〈四美釣魚〉高桐軒作 套色版印筆繪 109.5 x 62.5 厘米 天津博物館藏
繪第八十一回，探春、李紈、李綺、邢岫煙四人垂釣，寶玉躲太湖石後。

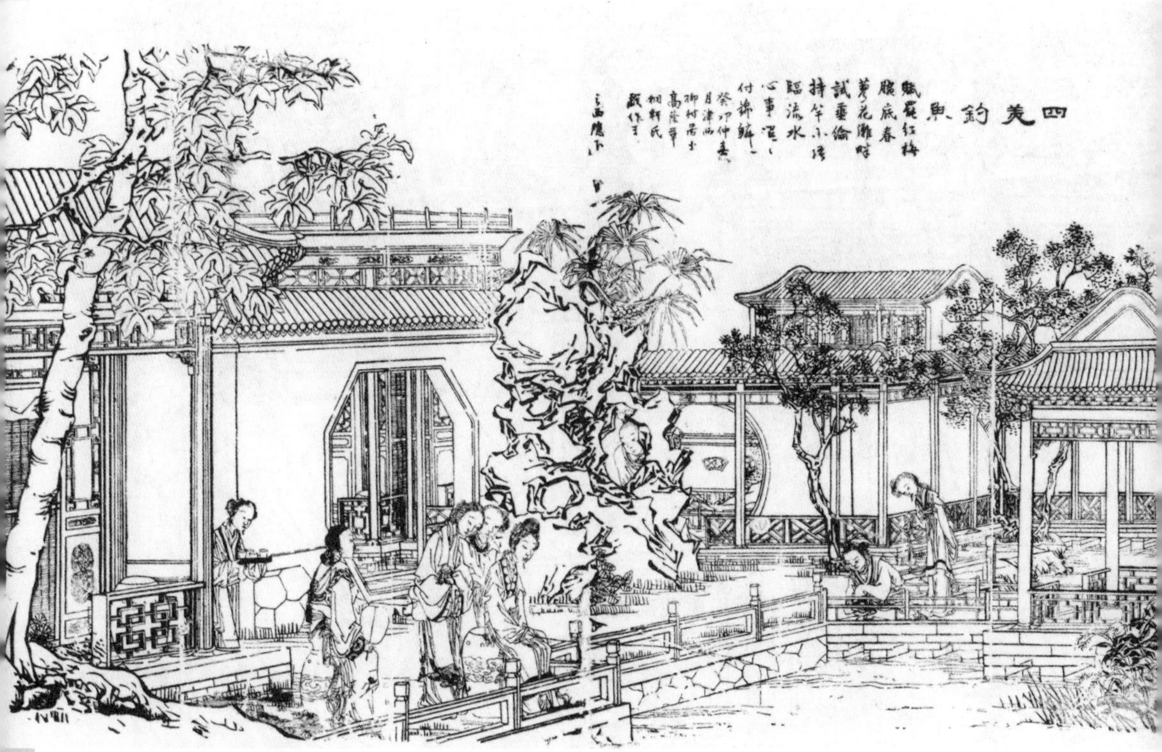

17b 〈四美釣魚〉畫線版 高桐軒作 114 x 65 厘米
高桐軒（1835-1906），名蔭章，字以行，河北楊柳青人，擅人物寫真，曾被徵入清廷為慈禧太后畫像。60歲以後回原籍致力於年畫，開設雪鴻山館畫室。

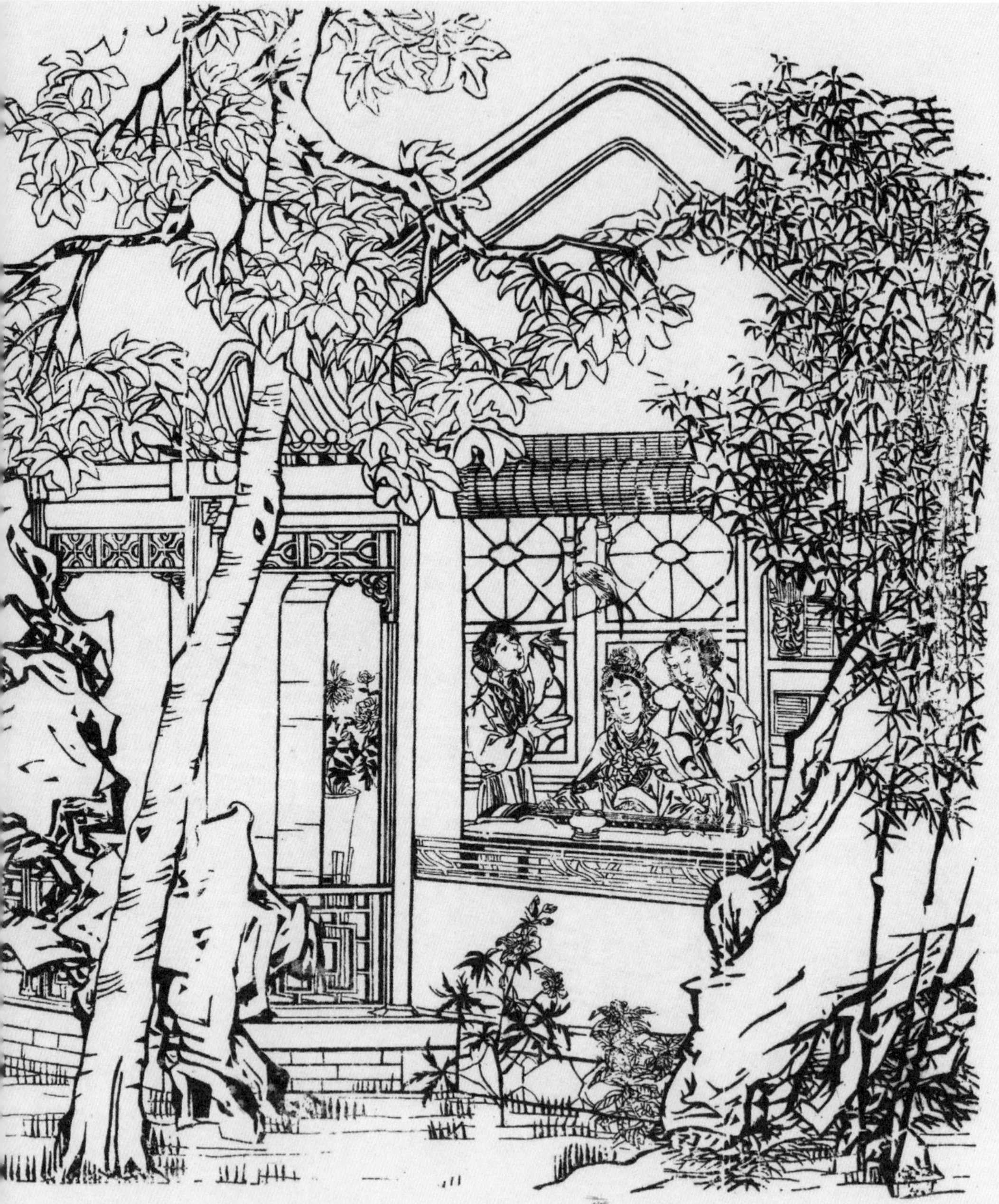

18a〈瀟湘清韻〉高桐軒作 畫線版 109 x 59.5 厘米 天津楊柳青年畫館藏
繪第八十七回，感深秋撫琴悲往事：寶玉送妙玉回櫳翠庵，途中經瀟湘館，聽琴聲從內傳出，二人坐在小山石上聆聽。（套色筆繪版見折頁：圖18b）

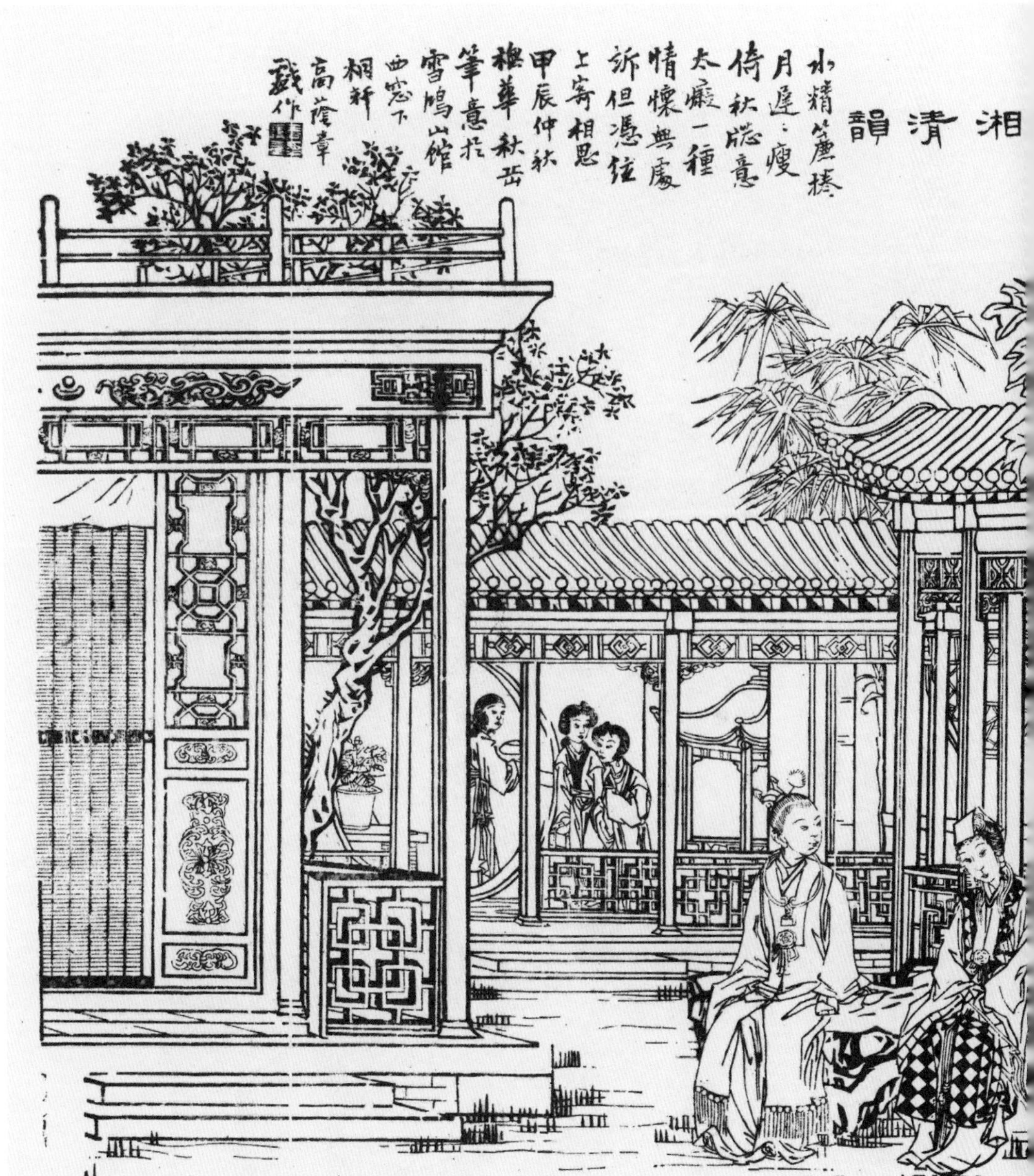
湘清韻
水精簾捲
月遲遲瘦
倚秋窗意
太癡一種
情懷無處
訴但憑弦
上寄相思
甲辰仲秋
摹華秋岳
筆意於
雪鴻山館
西窗下
桐軒
高蔭章
戲作

瀟湘館

19〈瀟湘館黛玉撫琴〉套色版印筆繪 100 x 60 厘米 天津楊柳青 楊柳青年畫館藏
繪第八十七回，感深秋撫琴悲往事；黛玉撫琴，寶玉和妙玉在窗外聽琴。

20《紅樓夢故事圖》，條屏，套色版印筆繪，清末，101 × 35厘米，天津楊柳青，喀山韃靼共和國國家博物館藏。

圖中八故事依序（由上至下，由右至左）如下：

一、劉姥姥一進榮國府（第六回）

二、顧恩思義（第十八回）

三、薛寶釵巧合識通靈（第八回）

四、西廂記妙詞通戲語（第二十三回）

五、嗔頑童茗煙鬧書房（第九回）

六、蘆雪庭（第四十回）

七、撕扇子作千金一笑（第三十一回）

八、癡公子餘痛燭前情（第一〇四回）

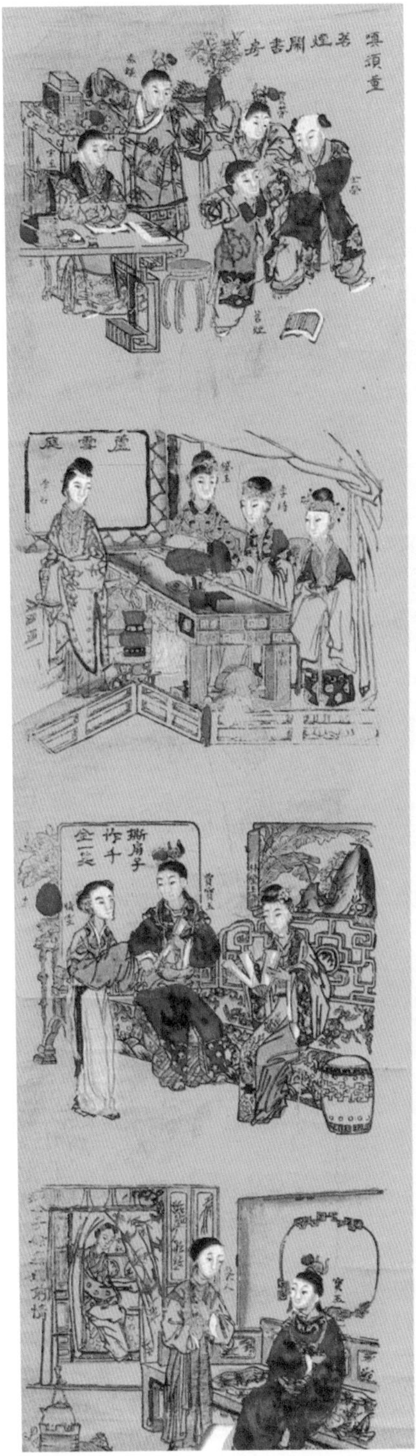
茗烟鬧書房
蘆雪庭
撕扇子作千金一笑

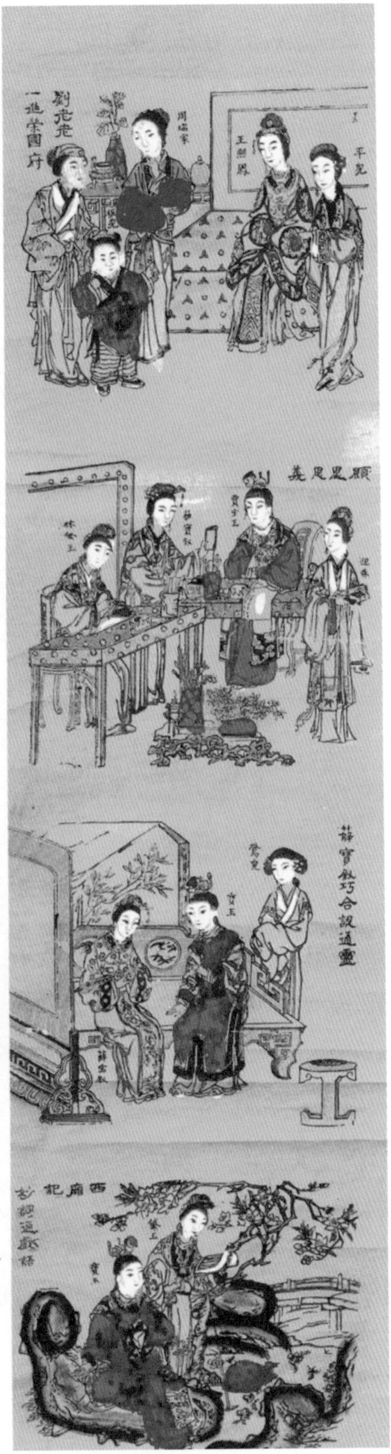
劉老老一進榮國府
薛寶釵巧合認通靈
西廂記妙詞通戲語

牡丹亭艷曲警芳心
十

21〈牡丹亭艷曲警芳心〉套色版印筆繪 60 x 34 厘米　廉增戴記畫店製　天津楊柳青
薩拉托夫拉吉藝術博物館藏
右繪第二十三回，黛玉葬花，後與寶玉共讀《會真記》。
左繪第三十回，齡官在薔薇花架下畫賈薔名，癡情感染到花架外觀看的寶玉。

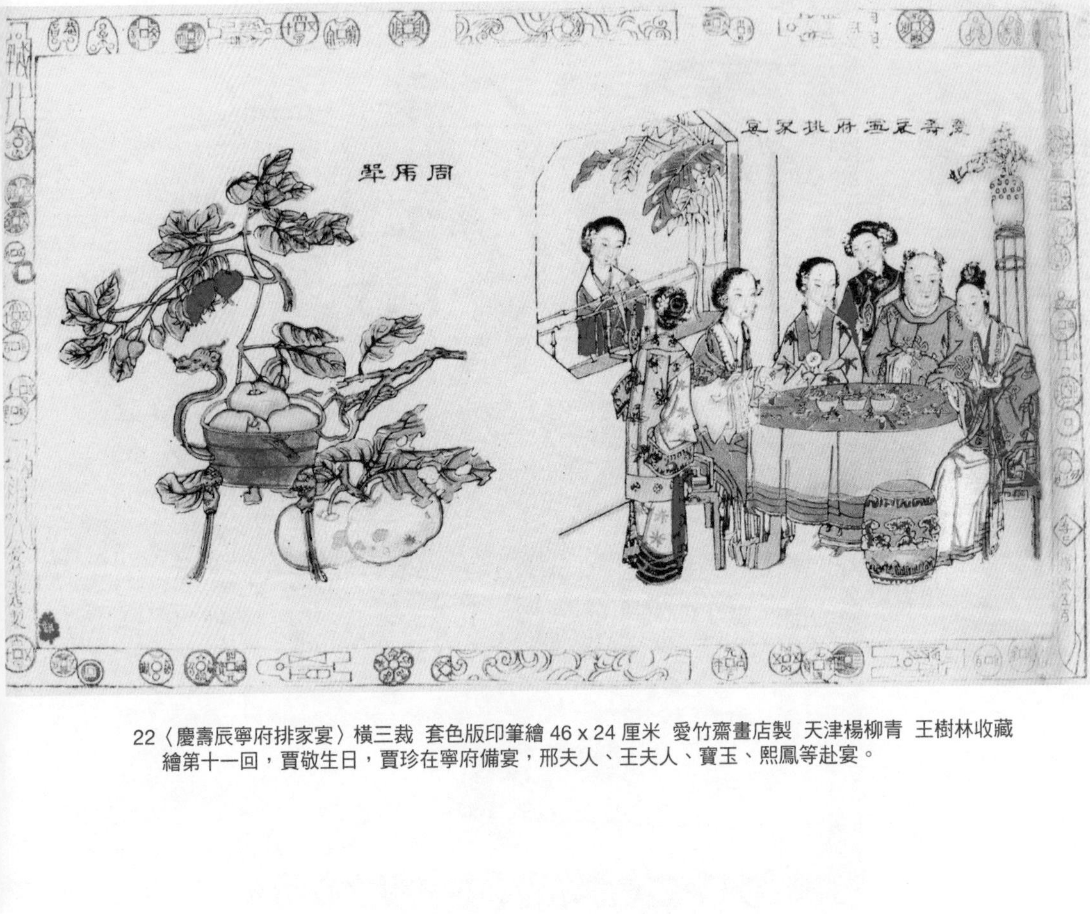

22〈慶壽辰寧府排家宴〉橫三裁 套色版印筆繪 46 x 24 厘米 愛竹齋畫店製 天津楊柳青 王樹林收藏
繪第十一回，賈敬生日，賈珍在寧府備宴，邢夫人、王夫人、寶玉、熙鳳等赴宴。

慶壽辰寧府排家宴

23〈牡丹亭豔曲警芳心〉橫三裁 套色版印筆繪 46 x 24 厘米 愛竹齋畫店製 天津楊柳青
楊柳青年畫館藏
繪第二十三回，黛玉葬花，後與寶玉共讀《會真記》。

24〈薛蘅蕪諷和螃蟹詠〉橫三裁　套色版印筆繪 46 x 24 厘米　愛竹齋書店製　天津楊柳青　楊柳青年畫館藏
繪第三十八回，賈母、寶玉與眾姊妹賞菊吟詩，圍桌品蟹。

25〈劉姥姥醉臥怡紅院〉橫三裁　套色版印筆繪 46 x 24 厘米　愛竹齋畫店製　天津楊柳青　楊柳青年畫館藏

繪第四十一回，劉姥姥酒後逛園迷路，誤入寶玉臥室熟睡，被襲人推醒領出。

26 〈劉姥姥醉臥怡紅院　林如海捐館揚州城〉橫三裁　套色版印筆繪 54 x 24 厘米　天津楊柳青
蘇聯艾爾米塔什博物館藏
左繪第十四回，林黛玉父親在揚州去世，王熙鳳說這樣黛玉便可長住賈府了。

27 繪第七十回〈史湘雲偶填柳絮詞〉；時值春日，史湘雲邀賈寶玉和眾姊妹同填柳絮詞。

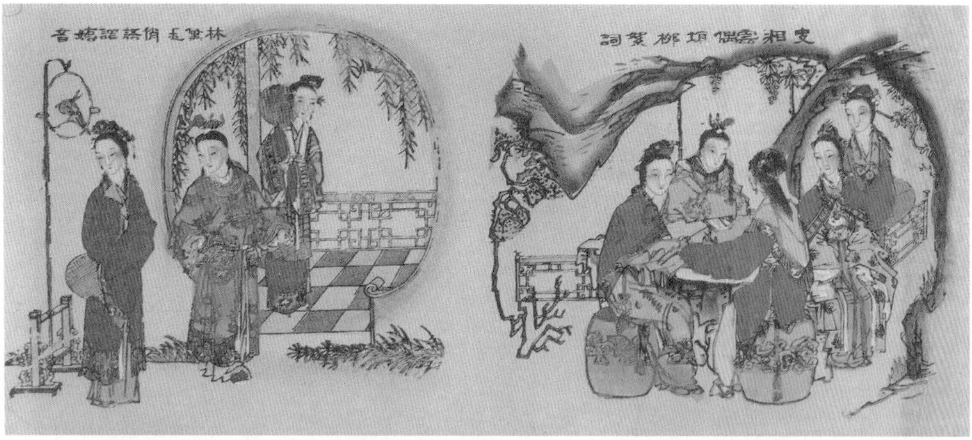

28〈史湘雲偶填柳絮詞　林黛玉俏語謔嬌音〉橫三裁　套色版印筆繪 54 x 24 厘米　天津楊柳青楊柳青年畫館藏

右繪第七十回，暮春柳絮飛舞，史湘雲邀眾人同填柳絮詞；左繪二十回，黛玉和寶玉說「耗子精」笑話，寶釵撞來。

29〈感秋聲撫琴悲往事　王熙鳳歷幻返金陵〉橫三裁　套色版印筆繪 54 x 24 厘米　天津楊柳青楊柳青年畫館藏

左繪第一一四回，王熙鳳重病，幻想回金陵；窗前有寶玉，窗外有王夫人和襲人。

30〈喜出望外平兒理妝〉
繪第四十四回：平兒被王熙鳳和賈璉打後妝態凌亂，寶玉領平兒到怡紅院來，幫她重新梳妝，內心感到喜悅。

31〈三玉櫳翠〉 墨線版印筆彩 天津楊柳青
繪第四十一回〈賈寶玉品茶櫳翠庵〉：賈母設宴大觀園，來妙玉居處櫳翠庵小憩。妙玉邀寶釵、黛玉入室品名茶，寶玉隨來，四人同吃體己茶；圖寫寶玉、黛玉，及妙玉。

32〈博庭歡寶玉讚孤兒〉
46 x 24 厘米 天津楊柳青
楊柳青年畫館藏
繪第八十八回，寶玉幫賈環在賈政前作對子，賈環送蟈蟈籠表謝意，賈母問籠由來，繼問賈環情況，寶玉誇賈環用功，李紈感到欣慰。

INK PUBLISHING
文學叢書 282

拾花入夢記 李渝讀紅樓夢

作　　者　李　渝
總 編 輯　初安民
責任編輯　丁名慶　施淑清
美術編輯　林麗華　李　渝　陳淑美
布花概念　黃子欽
校　　對　吳美滿　丁名慶　李　渝

發 行 人　張書銘
出　　版　INK印刻文學生活雜誌出版有限公司
新北市中和區建一路249號8樓
電話：02-22281626
傳真：02-22281598
e-mail：ink.book@msa.hinet.net
網　　址　舒讀網http：//www.sudu.cc

法律顧問　漢廷法律事務所
劉大正律師
總 代 理　成陽出版股份有限公司
電話：03-2717085（代表號）
傳真：03-3556521
郵政劃撥　19000691　成陽出版股份有限公司
印　　刷　海王印刷事業股份有限公司

港澳總經銷　泛華發行代理有限公司
地　　址　香港筲箕灣東旺道3號星島新聞集團大廈3樓
電　　話　(852) 2798 2220
傳　　真　(852) 2796 5471
網　　址　www.gccd.com.hk

出版日期　2011年4月　初版
2014年12月20日　初版二刷
ISBN　978-986-6135-04-0

定　　價　390元

國家圖書館出版品預行編目資料

拾花入夢記 李渝讀紅樓夢／李渝著；
—初版，—新北市中和區：INK印刻文學，
2011.04　面；　公分（文學叢書；282）
ISBN　978-986-6135-04-0（精裝）
1.紅學　2.研究考訂
857.49　99022579